三民叢刊 103

深情回眸

鮑曉暉著

三民書局印行

心中螢光（代序）

鮑曉暉

二樓書房後面是圍牆，圍牆外面有盞路燈，當黃昏的夜色籠照大地時，它會自動的慢慢亮起來。在暗夜中這盞路燈彷彿比陽光還亮，周圍被照得如同白晝。

很多次，當我要趕一篇稿子時，晚上坐在書桌前不願開燈。因為圍牆外那盞路燈讓我感到夜的寧靜，內心也會寧靜起來，有助提筆前的構思。

《深情回眸》這些小文就是這個時間的產品，是寫我年輕時一段歲月。那段歲月，大環境不富裕，個人的生活也很拮据。我們生活在沒有自動亮起來的科技路燈，只有大自然裡的提燈者——螢火蟲的日子裡。當然更談不上聲光電幻的娛樂享受。公餘家事之暇，我多數時間坐在陽臺上觀星、沉思，看對面草地上翩躚遊走的螢火蟲做為休閒。我那時感到螢火蟲的光雖然很微弱，但在黑暗中卻一閃一閃如大地上的星光，孤寂的心就感到溫暖起來，愉悅起來。

回憶是經歷的回顧，我們常會在回憶中悟出一些人生的道理。當我寫《深情回眸》時，重溫昔日的生活點點滴滴，忽然領悟到人生一世總有許多歡喜與煩愁，這些不同的歡喜與煩愁，使每個人有不同的人生——幸福的、不幸的。不過，心中如果常燃著一盞樂觀的燈，人生的道路即使坎坷，也能跋涉過來而走向康莊大道。這盞樂觀的燈就是「豁達」——猶如心中的螢火蟲。

豁達在某方面是「阻力」，一切都看開了，「賢的是他，愚的是我，爭什麼？」變成了退縮。但不可否認「豁達」使人遠離煩愁，總是以樂觀美好的角度看人生，享受人生，體會人生的種種。

《深情回眸》是我第六本散文集。重讀裡面的篇章都是在這種心情下寫的。寫時無意說教，只是寫自己的感覺，希望知音人能分享我的感覺，分享我心中這盞燈的螢火之光。因為我相信「囊螢照書」不是囊中微弱的光使得車胤勤讀書，而是心中那點「追求」的信心之光。

感謝三民書局在文藝書籍市場暗淡時出這本書。三民書局歷史悠久，由早期的三民文庫，到現在的三民叢刊，近三十年我一直是三民的忠實讀者。在一個資深讀者心目中，三民一直是本著提供社會大眾好書的宗旨，出版各類書籍，尤其文學方面的，很高興在三民書局中有自己的一本書。

一九九四年十一月於臺北

目次

生活的歌

夢繫舊情

心情告白——

其實，在人生的旅途中，
我們不都擁有一片自己的土地——花園嗎？
只看我們如何去經營……。

——摘自〈自己的花園〉

自己的花園

住處是棟二層樓房，公家的宿舍，後面有塊三十坪左右的空地。搬來之前首次來看房子，這塊空地給我莫大的欣喜。

在寸土寸金，人口稠密的繁華臺北，住樓的人家多，即使住在有院子的樓下，寬敞的大院子也少見。過去住在樓上，愛種花的我，只能在陽臺上種些盆花盆景，讓生活中有些綠意。現在，我將要擁有一塊有泥有土的大院子供我任意播種，決心大展鴻圖，把它經營成一座繁花似錦的後花園。

搬來後我常跑花市，草本、木本的花都買，搜購蘭花，買花種子。滿腔的熱衷勁兒，辛勤的耕耘，空地漸漸由野草蔓延的荒地，變成了四時有不謝之花的花園。由樓上書房的後窗望下去，常是群芳競豔的美景。

我們這一排四棟宿舍住的都是同事，每家的房子格局相似，後院也一模一樣。當我看自己的花園，也看鄰居的。

右邊的芳鄰，夫妻都是公務員，早出晚歸，鎮日裡庭院寂寂，公餘之暇沒有種花植卉的愛好，任大好土地荒蕪。許是對絲瓜情有獨鍾，每年夏季快到之前，女主人會抽空搭個簡單的瓜棚，種下絲瓜。有時也養一窩雞。盛夏時瓜棚下垂瓜纍纍、雞聲咕咕，一片農家園圃風光。

另外一家的男主人是位林木專家，以後院爲果園，種植一些果木。陽光雨露的滋養，不需要特別照顧，也長得葉茂枝挺照眼碧，偶而也結些果子。

左邊芳鄰的女主人，是純家庭主婦。種花是爲消遣，但卻把消遣的事當事業般經營：養盆景，搭蘭棚。種花的農具，澆花的器皿都很考究。常見她穿梭園中，除草鬆土。更把花兒當嬰兒般呵護：怕曬的，不讓它暴露在烈日下；喜陽光的，搬到向陽地方。由樓上望去，常年姹紫嫣紅滿園春。

曾有位朋友對我說，花是能解語的。常對花兒眷顧，花兒會長得更有精神，時時以繁花綻放相酬。的確，最近半年多，我的後花園花容清減許多。不是開到荼蘼花事了，而是我的俗務增多。忙碌人間諸般浮華，而冷落了花園裡的眾多解語花。

難得有這般閒適的午後，只聽風的悄語，鳥的呢喃。探首窗外，夏陽下的四座小園，亮麗照日，各有風光；繁花似錦，瓜葉田田，綠蔭冉冉，更襯出我那花園的荒寂。

其實，在人生的旅途中，我們不都擁有一片自己的土地——花園嗎？只看我們如何去經營；是繁花似錦？是野草蔓生？全繫於心中那「耕耘」的念頭。

八十二年十二月二十日《中央日報》

廟

堤防下有座小廟。小小的廟址只有三四坪，傍著一棵根粗葉茂的老樹。

廟小，又拙樸得不起眼，卻被裝扮得很體面。門楣上總掛著繡龍的大紅錦幔，供桌擦拭得油光，廟前的紅磚道一塵不染。由神案前那不熄的長明燈，和飄散著淡淡的香火味，知道它還是個香火鼎盛的小廟，但卻不知供奉的是何方神祇。

小廟在堤防下，人站在堤防上居高臨下，小廟內的動靜一覽無遺：供案上的雞鴨魚肉、水果鮮花，信徒虔誠的膜拜祈禱。每逢初一十五，廟前信徒絡繹於途，農曆佳節還有應接不暇的盛況，小小的供桌不敷用，後來者只好排隊等候。

有時走過，恰遇信徒舉香膜拜，看那微閉著雙目，翕動著嘴唇，一臉的虔誠，我總會猜想，他們在禱告祈求些什麼呢？雖然猜不透，但我知道，那一刻他們心中一定充滿了企盼、感謝、誠懇和信心。「窮算命，富燒香」想到這句話，再看膜拜者的衣著和供桌上豐盛的供品，我肯定這些信徒十之八九是來祈福感恩的：祈求福澤綿長不斷，感謝上天諸神的庇護。

自小在學校裡接受信「神」拜「廟」是迷信行爲的教育，但家裡卻常年供著神像。那神像是祖母由老家「請」出來的，攜著祂逃戰火、逃警報，由山海關外的東北到瀾滄江洱海的西南，歷經千山萬水。很多次在逃難的路上，拋棄了不該拋棄的身外物，但這尊小小的神像卻始終被祖母衛護著：「不能丟！是咱家的守護神！」在危急時，祖母緊抱著神像嚴肅的說。那虔誠的神態，讓我覺得祖母眞是愚騃。我懷疑這尊小小的木偶雕像，眞有靈力保佑我們一家遠苦難，得平安嗎？

多年來穿過歲月的風沙，走過人生崎嶇的道路，我漸漸體會出祖母當年的心態：在戰禍頻仍、離鄉背井、惶恐無依的日子中，那尊佛是她信心希望的攀附處。她以信心發揮她的愛心，祈求這尊神佛做我們家的守護神。期望我們在流浪的歲月中能避凶趨吉，遇難呈祥。的確，不管世上有沒有神的存在，「信」能生出「希望」，能安撫徬徨的心，給我們信心，在漫長離鄉背井、浪跡他鄉的歲月裡，能面對種種的苦難，堅強的等到勝利來臨回到家鄉。

中國的孩童，幼小時都聽過許多神話故事。這些神話故事的情節多半勸世人爲善，而以「善有善報，惡有惡果」做爲結局。祖母就常說一些佛教裡輪迴超生的故事，告誡我們頭上三尺有神明，在世上做惡多端的壞人，死後到了陰間地府就淪爲永世不能超生，飽受刑罰的惡鬼。讀初中時，爲躲避日機日夜瘋狂的轟炸，學校搬到鄉下一座廟裡上課。廟裡大雄寶殿中端坐的是慈眉善目，合十的觀世音菩薩。旁殿是陰間地府罰惡鬼的塑像：上刀山、下油鍋、碾石磨，血淋淋、栩栩似眞，令人毛骨悚然。日夕與「神」、「鬼」的塑像爲伍，小小的心靈也有所威畏，立志要行善做好人。因此，中國的廟宇，對民間的凡婦俗子，還有著暮鼓晨鐘的警惕教育作用。

在我逛過的廟寺，我常會發現一個不被注意的設備。無論廟的大小，十之八九都有「奉茶」——在路邊，或牆角放一張凳子，上置一把茶壺、一隻碗，或一個飲水器，幾隻茶杯。即使在日本，我到東大寺參觀時，在那長長的走廊上，也看到這令人感到溫暖的小小奉獻。出家人以慈悲爲懷，由這簡單的奉獻表露無遺，那盞盞的一杯水包含了佛家的博愛之心。「雪中送炭」，這一壺茶就是雪中的「炭」。「荒漠甘泉」，這一杯水在長途跋涉、口乾舌燥時，不啻是瓊漿玉液。但這溫暖甘美的滋味，卻要身臨其境才能體會到。我在十二歲那年，由衡陽到桂林，走了三天的汽車在傍晚的荒野中拋錨。前不著村，後不巴店，只好投宿不遠的廟中。那次惟有我與祖母同行，祖母已六五高齡，衷心恐慌懼怕。多虧老方丈殷殷撫慰，我才堅強起來。至今回味那日晚餐時那碗熱騰騰的小米粥，是畢生嘗到的最美的美味。而那隻按在我頭上溫暖的大手，至今難忘。

我不是宗教的信徒，也從不朝拜廟寺，到廟中只是爲遊覽參觀。但我喜歡廟，喜歡廟寺那古色古香很中國的建築，喜歡廟裡祥和寧靜的氣氛，喜歡那神殿上富有中國藝術之美的塑像和雕樑畫棟。每次走進廟中，我總默默合十爲拜。不是祈求什麼，只是致上我虔誠的敬意。因爲那神殿中有散播愛心、善心種子的衆生心中之佛。

《中央日報》

春滿河堤

綿綿的春霖，變成了不歇止的霪雨。市內大街小巷都濕淋淋、泥濘濘，舉目所見是陰沉的天色、熙攘的人群、匆忙的車輛，無從尋覓到春的景色。

只有一個地方，在久雨中綻放出碧綠的春光，告訴人們春天的足步已踏上大地。那是住處附近，人跡罕至的河堤上。

說是「河堤」，並不能只指那條阻擋河溪氾濫的堤防。還涵蓋了河床，河溪對面，和遠處的青山，以及那遼闊的視野等構成河堤景色的風光。

有時我想，人與人有緣，地與人也有緣吧？記得十多年前購屋時，曾到這一帶「相」看一棟新屋。當時就為此處地勢低窪，考慮到冬季多雨水，夏天颱風頻至，怕有水患，不敢問津那棟價廉屋美的房子。誰知，十多年後，公家配給我們的宿舍，竟然也座落在當年的舊地。這次沒有選擇的自由，只好喬遷過來。

搬來後，才發現住屋不遠處就是河堤。站在堤上，河溪上的景色一覽無遺：河床內處處碧草萋萋、老樹森森，一畦畦的菜圃中間，還座落幾椽簡陋的小木屋。溪畔有間小小的鴨寮，成群麕聚的鴨兒像一堆白雪浮在河溪上，儼然一片鄉野景色。走在堤上，彷彿走在鄉村的小道上，置身在風光明媚的鄉村。加上這兒人跡罕至，有「無車馬喧」的靜謐，聽得見風聲、鳥鳴，草叢裡的蟲兒在跳躍。

久住都市的人，常年生活在喧囂的市聲裡，紅塵滾滾中，想覓片刻寧靜，看一眼碧綠，往往需要長途跋涉，飽嘗乘車之苦到有山有樹的郊外鄉下。而我，何其有幸，卻毗鄰這片有山有樹、有野草野花的寧靜地帶。因此我隨時不忘享受這近在眼前的大自然美景。出出進進，盡可能繞道河堤上，沐春風，賞綠野。

堤的一邊是河床，在最乾涸時，也有一條清澈如小溪流的河水迤邐伸向遠方。晴天，上游處有三兩釣者靜坐溪畔垂釣。下游是泥堤把溪水引進一片池塘，池塘裡的鴨群在水中任意遨遊。除了豪雨溪水才漲上來的河床，平日是肥沃的耕地，有人種青蔬，有人植雜糧，還有花圃，終年綠油油。圍繞這些河床上的莊稼是茂密的野草，綠蔭匝地的老樹。再游目遠方，長長的福和橋橫跨溪河的兩岸，橋上川流不息的車輛如流星般匆匆滑行。溪的對岸是高樓林立，有小臺北之稱的永和市。群樓後面青山脈脈如屏障。

河堤的另一邊是片軍眷村區，清一色的二層小樓，樓連樓，望衡對宇。和現在最普通的公寓房子相比，顯得又舊又狹隘。

走在河堤上，我常會有些冥想，得到一些領悟：像人，每個人生活的環境不同，謀生的方式也不同，但只要自己感到滿意就是幸福。看那靜坐一上午的垂釣者，日日與鴨爲伍的養鴨人家，經營小小菜圃的老農，他們不管咫尺之外就是繁華迷人的都市鬧區，永遠篤定的守著自己的一片天空，努力工作。直接的解決了自己的生活問題，也間接的造福社會。社會的進步繁榮，原就需要各行各業的人士共同有所貢獻。

走過高高的河堤上，居高臨下，我也看到眷村人們生活的方式：我發現大家都辛辛勤勤的工作，快快樂樂的生活。他們住的房屋雖老舊，卻擁有住在高樓華廈裡的人所沒有的新鮮空氣、燦爛的陽光、遼闊的天空，以及守望相助、溫馨的鄰里情。早晨廣場上早覺會中的歡笑，午後小巷口芳鄰的話桑麻，傍晚門前兒童玩伴的嬉遊，這些生活情趣在繁華鬧區中已不易獲得。幸福的生活並沒有標準，有人住高樓羨慕華廈，有人住陋屋也不改其樂，滿足幸福實在是存於我們的心臆中。眷村的人們，看來都是「知足常樂」型的人。因此，他們把平凡的生活，過得熱熱鬧鬧，充滿笑聲。

河堤兩岸的景色如此平凡，平凡得像很多原野鄉村。但就在這平凡的景色中，我看到了春天。搬來兩年，堤上那棵老樹下，在秋天鋪滿落葉，冬天成了一棵枯樹。但來年的幾番春雨，枝椏間又抽出新綠，遠遠看去，好像環繞著一層綠色的霧。堤下有棵桃樹，從不結果子，卻按時開花，總是在春雨後綻放出滿枝的粉紅花朵。而在春雨濛濛下，草特別綠，溪水格外清澄，樹木綠意盎然，那河床中一畦畦的嫩綠青蔬，也捎來春的訊息。河堤另一邊的眷村裡，家家小樓上的杜鵑，如火如荼的開著，山茶花也不甘示弱的爭艷競芳。春天，把河堤的周圍，裝扮出一片春光。而那些綠樹野草，卻使河堤四季都散發著春色。

七十五年二月《婦友月刊》

陸橋下的公園

自從那條堤防剷平，在上面建築捷運陸橋，我很少走這條路了。

以前這條路是我的最愛：買菜，由這條路到菜場；市區回來，走這條路回家；清晨，在這條路上散步；夏日傍晚和丈夫在這條路上蹓躂。

這條路原是座堤防，堤防外是一大片有鄉野風景，乾涸了的河床。堤防這一邊是市區的領域。平坦的堤頂自然而然的成了人行道。

來往在這條路上的，是住在附近，早晚來散步的人。是抄捷徑到菜場買菜的人。而我，常爲貪看那遼闊河床內的風景繞道走這條路。

每當我站在堤頂展目河床，就有來到鄉村的感覺，河床內的溪水雖已乾涸了，但仍是低窪潮濕的土地，衆多的植物就在這兒欣欣盎然的蓬勃著漫野的綠。老樹粗壯如華蓋，春天蒿草搖著亮綠，秋天芒草翻白，三五小舍聳立其間，屋主不怕有朝一日暴雨帶動洪水不期而來，結廬在其中，還在舍邊闢園種菜：小白菜、包心菜、玉米、四季豆、茄子；四季青蔬變化多。有幾次在菜市場裡，我發現一位賣菜的老人，就是河床內的老農。

遠處還有一座鴨寮，是利用河床最深處那泓不易乾涸的溪水豢養鴨群。白雪般的鴨兒，整天在溪水周圍悠哉遊哉，啄羽毛，曬太陽，戲水。

這片鄉野風光，存在都市的車喧樓影包圍中，猶如掛在客廳裡牆壁上的風景畫。

但不久，這幅鄉野畫漸漸消失。

那陣子市政府有開闢河濱公園的計畫，開來了怪手，拔起了老樹，剷除了蒿草，掘起芒草的根，夷平菜園，小舍拆除，鴨寮消失。

原地鋪上了水泥地，砌上了美麗的花壇，四周種樹的地方規劃得很藝術。一片荒蕪的廢地眼看就成爲都市人休閒的好去處，美化都市人生活的河濱公園。

但，河床常年暴露在天空下，晴朗日子陽光普照，降雨時雨水充沛。老樹拔走，沒有了遮烈日炎炎的蔭涼，下雨時又少了樹的雨棚躲驟雨。新植的幼樹不易存活，缺少照顧泰半枯死。花草也懨懨無生意。雖然豎立了籃球架，也有了兒童遊戲的蹺蹺板、滑梯、盪船，但卻長日寂寂，杳無人踪。假日偶有附近居民來走走，因缺少公園的綠意美景，逗留不久卽離去。這個河濱公園是個沒有遊人的公園。

再不久，捷運陸橋動工，堤頂人行道剷平，築起高牆，隔開堤裡堤外。視線僅及高牆的這邊，擡頭是高高的陸橋，低頭是雜草叢生的荒地。已沒有吸引我這過客的美景，我不再繞道來此。

那天，是一個夏日的清晨，散步時無意間走出通往這條路的巷口，啊！眼前豁然開朗！竟然是一片別有天地的新氣象！

高高陸橋下的馬路旁，種了整排的阿拉巴栗樹。樹梢手拉手的樹葉牽出一條綠樹棚。陸橋下曬不到陽光，淋不到雨，雜草蔓生的土地上變成了花圃：萬年青、紅竹、鐵樹、聖誕紅、玫瑰、杜鵑，正在晨風中款擺展姿。我訝然的佇立久久，不願離去。

現在，我又開始繞道走這條路，只爲看看我心目中的「陸橋花園」。

我奇怪，那些淋不到雨露的花樹，是如何在陸橋的覆掩下欣欣向榮的？後來我發現在地下草叢裡，隱藏著旋轉式的噴泉灌溉小水管，打開開關，水就如噴霧般灑向花草樹木。

我納悶，植物需要適量的風吹日曬，才會生長得漂亮。而高大的陸橋也遮去了所有的陽光。其實不然，上天對人間萬物從不同的角度送來眷顧情，清晨和傍晚，當陽光東昇西斜時，陸橋下的陽光燦麗。

我好奇的追究，是「路燈處」？是那個管轄的機關，在這條荒路上經營出這滿眼的美景？

都不是，我看到的澆水、除草、剪枝、翻土的人，是不同年紀的老者。這些老者是附近住家裡退休賦閒的老人，他們用鄭板橋說的「老來管山管水」的悠閒，用夕陽的歲月，經營出這片土地上的美景，給自己，也給路人。

閒時，一群快樂的「老」朋友，在樹下、花圃前擺上籐椅、木凳。品老人茶、聊天、下棋，享受夕陽無限好的時光。

而我這冷眼旁觀的過客，看到的是「環境需要自己去經營，人生的歲月也需要自己去經營」的道理。

的確，只要有心，荒蕪的野地也會成爲繁花似錦的公園。只要用心，孤寂的老年歲月也生趣樂無窮。

八十二年十二月六日《青年日報》

永遠的春天

春天，是最年輕的季節。春、夏、秋、冬，一年復始，春回大地，萬象更新。

在四季分明的北方，春天草綠了，積冰解凍了，野草萌生了，柳葉發苞了，柳笛聲響起。沉寂了一冬的大地復甦了，萬物復活。

在四季如春的臺灣，寒流遠颺，杜鵑花開，樹特別綠，山分外青，風暖日麗。陽明山、阿里山櫻花爭艷，賞花道上車轆轆，人熙攘。春天，是活潑充滿生機的季節。

而人的生命階段也分青春、少壯、中年、老年。

在人生的旅程中，青春是第一站，是年輕的人兒。

年輕眞好！臉兒嬌嫩天生美麗，身手矯捷體力充沛，舉止活潑展現活力，而心地純潔不識愁滋味。是初生的犢兒，不畏世途之虎。有奔放豪邁的思想：「只要我喜歡，有什麼不可以？」

只是，春天是如此的短暫。一回眸，花季過了，杜鵑落英繽紛，花事闌珊。季節進入了夏，是沉穩成長的季節。大地草木以生意回饋大地；北方田野青紗帳起，南方陌上禾苗翻綠浪。在風中雨中接受濕潤，也接受狂風暴雨的衝擊，更在其中沉穩的邁向豐收的季節。

在世界萬物不滅、生生不息、循環不已的宇宙中，人類生命的春天也稍縱即逝；紅顏褪色，心緒開始複雜，閒愁世惱常縈懷。在成長的過程中，要接受世俗很多很多的考驗磨練，期能在人生場中安身立命，創造一片自己的天空！

所以，當我們受到挫折、拂逆時，常懷念當年年紀小真好，無愁無慮少煩惱，只承受親人的庇護，成人的包容。

尤其是走過少壯，邁進中年，世間事不如意十之八九。心繫名利生計，心境再也不能快樂飛揚，時時消沉徬徨。

而邁入暮年老境，更時萌萬念俱灰的情緒。因爲不僅歲月風霜在臉龐上留下蒼老，步履也蹣跚，健康也日差。而工作棄我而去，滋生百般無用感。年輕人冷漠視我，社會認我是消費人渣。是啊！已是日薄崦嵫的年紀，一動不如一靜。甘心獨處咀嚼寂寞，讓臭皮囊自生自滅，像北方秋末冬初的路旁野草，悄然凋枯。

然而，野草會再生，因爲野草年年有春天。而人一生只有一次春天——只年輕一次。

差堪告慰，人有思想，能自我調適；青春時飛揚的心情，少壯意氣風發的心情，中年春風得意馬蹄香的心情都曾擁有過。且以沉穩、包容、豁達來面對社會的觀念，以樂觀面對夕陽時光。

顏面的蒼老不能再重現青春時的紅顏，心情的蒼老卻能任由自己改變、重塑。且用快樂的心情去重造一顆新的「春心」。

這顆「春心」是另一個境界。

好喜歡辛棄疾的〈悠閒晚年〉：

「乃翁依舊管些兒，管竹管山管水。」

只因他已悟出：「萬事雲煙忽過，百年蒲柳先衰。」遍看紅塵俗事，晚年應該是：「而今何事最相宜，宜醉宜遊宜睡」。

好一個「管竹管山管水」！

人在年輕時都有太多的理想，把心放在熙攘的名利場，患得患失終日栖遑，沒有閒情逸致，讓好山好水好竹在眼前等閒過。於今如果用一顆悠閒的心去看世界，去欣賞世界，會發現世界有比名利更美好、更值得追求的萬事萬物！

關漢卿在〈閒適〉中也說：

南畝耕
東山臥
世態人情經歷多
閒將往事思量過
賢的是他
愚的是我
爭什麼！

「爭什麼！」這種豁達，這種看破世上事的透徹、瀟灑，只有歷經了春、夏、秋、冬四季生命的過來人，擁有人生智慧的人，才能體會到這種境界的輕鬆愉快！因為無求則剛，無欲少煩惱。

由飛揚蓬勃的春天，到沉穩平靜的夏天，是兩種人生的境界。只要我們常懷春天的心，春天永遠環繞著我們。

八十二年三月三日《中華日報》

心靈的避風港

風聲在樹梢掠過，鳥聲啁啾，草地柔軟有青草香味，白雲在藍天上悠悠散步，而我心卻如此憂傷……。很多年了，常有這個夢境，尤其當日間情緒低落時。

醒來常自問，何以這個夢境常出現在睡夢中？心理學家常分析人類有潛在意識，我想大概因爲夢境中的這個地方存在我內心深處。

人生不如意十之八九，人遇到煩惱、挫折、傷心時，總會情緒低落。對我，這時最好遠離人群，像受了傷的動物，躲進洞穴裡舐撫，化解內心的傷痕。

少年不識愁滋味，只因少年沒有經過人生的大風大浪，就是有憂愁傷心，也不過是小兒女的閒愁，仍然懷著詩樣的心情，找個景色美麗的僻靜處，自己獨處片刻。夢中那個常出現的地方，就是我少年時化解煩愁的心靈避風港——學校校園的一角。

高中住校三年，每當不如意、情緒低落、傷心難過，我就悄然來到這兒。坐下來，聽風聲、鳥鳴，看浮雲，思想如天馬行空。許是少年的愁是閒愁，憂傷的情緒漸漸淡去，往往在遐想中想到另一件開心的事，環顧周圍，世界如此的美，除了煩惱，多的是溫馨，何必自苦？逝者已矣不可追，未來天寬地闊。一念之間，心情頓如一隻傷癒的小鳥，振翅飛出避風港，又翱翔在碧海青天間。

當然，心結打開，並沒有忘記那些拂逆、挫折。只因那些挫折讓我反覆尋求答案，那些痛苦不快的煎熬會給我啓示，我的心湖平靜後，總有些領悟：在愛情上的我咀嚼回味，能以愛過不覺遺憾，是記憶中美好的一頁。友情上的，失掉一個友情，讓我知道如何去維護另一個友情。讀書上的，我以未來更期許自己。的確，我們年輕時，都曾在拂逆挫折中長大，有個心靈的避風港就不易迷失自己的方向。

而今，我已過了哀樂中年，人生的歲月由絢爛漸漸平淡。青春小鳥離我越來越遠，我對諸事不再「在意」、「執著」，常以豁達的心情看塵世的愛恨恩怨。但人有七情六欲，有時仍不免受外界事物的衝擊而激起心湖不快的漣漪。這時我不願做任何事，推開廚房後門，踱向我那小小的後院。

四十坪左右的後院，在寸土寸金的臺北奢侈得像廣大的庭園。一邊種花，一邊做晾衣場，擺上小桌小椅是孫輩的遊樂場。對我，它是我心靈的避風港，情緒低落時就到這兒散散步，賞賞花。

搬來十年，在我不經意的經營下，竟然也有高樹繁花似錦。它後臨一所學校的校園，左邊是景美溪的堤防，放眼很有鄉村景色。因此我家前門外是紅塵滾滾的都市，後院是寧靜的鄉村。

在「鄉村」裡的植物有些高大強壯，傲然聳立。有的荏弱匍伏在地。有的一年四季花顏嫣然，有的花有信，在季節才開花。有的花朵嬌艷，有的素淨默默吐芬芳。不管是高貴的木本，平賤的草本，都欣欣的爲這個世界添華彩。那巨樹下的小草也許仰望大樹彌高，但它仍以韌性綠遍大地。

我澆水、拔草、欣賞，在徘徊間常想到人類的世界何嘗不是如此？

但植物無語，人類有靈慧。留連中我常捫心自問：是我的缺失？自私？冷漠？疏忽？狂妄？抑是人情澆薄？世事無情？惹來滿腔鬱悶。

反覆思索，總會得到答案。這些答案安撫了我的情緒不快，也成了我言行的指標。我會更謹慎不要去傷害他人，以更寬恕的心去看世間的薄情，以包容的心面對狂妄，我學著犧牲一切，原諒更多。

陶潛退隱林下後，留下名言：「採菊東籬下，悠然見南山。」表示他平靜的心湖。

而現代人沒有退隱也需要時間有平靜的心湖，才能無怨無憂無懼，才能冷靜思考。在我的後院裡，我以平靜的心湖化解俗念閒愁，也對人生多一些瞭解。

八十二年七月十五日《中央日報》

大街小巷看春聯

我是對「春聯」情有獨鍾的人，我愛它紅艷艷，透著喜洋洋的吉祥氣氛。我愛它那對仗工整、音韻典雅的詞句。我愛它那渾厚墨瀋濃黑，凸顯中國書法之美的方塊字兒。很多年了，在春節放假的悠閒日子，看春聯是我休閒的樂趣之一；常趁外出時，安步當車，走大街穿小巷，去「讀」路旁人家門楣上的春聯。

春聯，也是對聯，是一種講求對仗、聲韻的精美文詞，在全世界惟有中國獨有這種文學形式。

讀歷史記載，古代過年門上並沒有貼春聯的習俗，僅有「桃符」。「桃符」是新年時門旁懸掛兩塊桃木板，上面分寫「神荼」、「鬱壘」二神之名，也卽門神。也有畫上此二神的神像，用意是鎮邪。到了五代，後蜀主孟昶有一年除夕在桃符上添寫：

「新年納餘慶，佳節號長春。」

這是最早的春聯，民間爲求一年吉祥，也競相寫吉祥詞句貼於門上，蔚成風氣，貼春聯逐成年景之一。

對聯，除了詞句要求對仗工整、含意深遠外，更要以饒有雅趣才算上品。而春聯，更多含祝福吉祥話兒以祈福，充分表現出人情味和對人生幸福追求的心態。譬如尋常百姓家多喜貼「門迎春夏秋冬福，戶納東西南北財。」所求不過是一年平安，日子富裕。而貼「生意興隆通四海，財源茂盛達三江。」一定是生意人。如貼「傳家有道惟存厚，處事無奇但率眞。」主人忠厚的思想躍然字裡行間。

由於喜歡春聯和對聯，也有收集記載聯句的癖好。有一次在一篇文章裡讀到一副春聯，很有哲理，隨手記下。聯曰：「說什麼新年舊歲，還不是昨日今朝。」表現出視歲月無痕的豁達，但做爲春聯卻消極了些，一種落拓失意之情昭然。另一副：「月月月圓，月月月圓逢月半，年年年尾，年年年尾接年頭。」把咱們中國方塊字的音韻、形態和含意湊得恰到好處，看得出撰聯人頗有才思。我國立國是以農曆，也卽陰曆爲國曆。民國成立後改陽曆爲國曆，但民間習俗難改，仍過舊曆年。政府倡行過陽曆年，改陰曆年爲「春節」。而每年的陽曆年與舊曆年僅一月之差，有一副春聯寫：「不除今夕除何夕，才過新年又舊年。」對仗工整，含意妥貼。

在某機關任職時，祕書室有位同事某祕書，國學根基甚深厚，不僅毛筆字寫得漂亮，八行書的高手，還會做對聯，專司對外婚喪喜慶事的文字酬酢。他在臺灣是孤家寡人一個，也沒什麼親友，又是個有點孤僻個性的老年人，春節放假期間無處可去，以辦公室爲家。每天照常上班，泡杯茶、看報、寫毛筆字消遣。有一年他寫一副春聯貼在祕書室門上，聯曰：「等因奉此送舊歲，相應函達過新年。」表現出案牘勞形老吏的新年情景。

抗戰時在昆明讀書，那時敵機轟炸頻繁，家疏散到昆明與呈貢縣之間一個小鎮桃源鎮。鎮雖小，房屋雖簡陋，卻是名人薈萃、藏龍臥虎之地；有將軍眷屬官舍，政府官員寶眷住所，工程師太太子女的棲身寒舍，也有大學教授的家眷宿舍。有一年寒假回家過年，在鎮上小街頭和弟妹閒蕩，看到一棟茅舍（我們這些避轟炸搬來的人家，都是住政府專爲疏散蓋的克難房子。稻草爲頂、泥巴爲牆，名副其實的茅屋）。大門上貼了一副對聯：「王小二過年年年難過年年過，流浪漢無家處處無家處處家。」聯長，讀起來像繞口令，過路行人都多看兩眼。歸來閒談問母親，原來屋主是西南聯大的教授們，都是單身漢無寶眷在滇。難怪撰的春聯語氣雖豁達，卻透著無奈，也有點兒自嘲。幸好第二年就抗戰勝利，西南聯大不久就遷校復員北平，這些「流浪漢」大概結束異鄉流浪日子，返鄉與家人團聚了。

無獨有偶，家住景美堤防附近，堤防下乾涸的河床上蓋了很多簡陋的違章建築，住的人自然是些推車賣漿之流，收入不豐的苦哈哈兒。有一年春節期間到堤上散步曬太陽，遙見一家陋屋歪斜的門楣上，居然也貼了一副紅艷的春聯點綴年景。在那一片灰白單調透著寒傖的地方，特別醒目，也添了幾許春意。我不由駐腳遙讀，竟然寫著：

「咦！那裡放炮？哦！他們過年。」

這副白話春聯讀來俏皮又明瞭，使人莞爾。但同時我的鼻酸眼熱，可憐在家家戶戶放鞭炮迎新年之際，這家窮主人卻有置身世外之感。

但春節畢竟是個節日，一眨眼就過去了，樂觀豁達的中國人，依然都是抱著：「三陽開泰萬家回春，一元復始萬象更新。」的觀念，對未來的一年充滿希望！藉春聯來表達心意。

七十九年二月四日《青年日報》

愛樹‧惜樹

捷運路線經過附近堤防，堤防在巨大的挖土機下消失，翻成了一堆堆黃土。堤防上的老樹一株株連根拔起，暴露著如脈絡般糾纏的根鬚。那斷幹處流著的白色樹漿汁，彷彿滲出的鮮血。樹幹還青潤，樹葉卻已枯萎，倒在地上，像受了重傷的巨獸奄奄一息的躺著。我站在那些樹前呆呆的凝視，內心有著隱隱的痛楚。

一生愛樹。在感覺上，一戶人家的院中有棵樹，這戶人家讓人覺得溫馨和樂。一條道路有樹，沒有荒涼感，樹蔭下遮烈日，樹蔭下遮擋驟然而來的風與雨。而一個多樹的城市，平添無限的詩情畫意。

眞的，一個綠樹處處的城市，處處都有美景，像公園一樣。初履新加坡那次，眞為滿街蒼蒼蓊蓊的綠樹著迷。走在行人道上，彷彿走在綠樹搭就的迴廊下。時值夏日，夏日的午後，新加坡常有一次陣雨，陣雨洗刷了街道，洗綠了樹葉，也洗淨了空氣。雨後漫步街頭，像在公園裡散步，觸目都碧翠。新加坡的整潔世界聞名，樹多也有關係，樹木能美化環境，使小小的髒亂不顯眼，給高樓大廈聳立的單調現代都市，增添樹姿婆娑的詩情畫意。

其實在臺灣的鄉野偏僻的地方，也常見綠樹處處。臺灣氣候溫和濕度高，最宜植物生長，小樹苗栽下去成活率高，鄉野間多的是自生自長的樹木。早年的臺灣東部被視爲蠻荒地區。事實上，光復之初東部還在未開發時，土地貧瘠，農作物少，加上交通不便，人口稀少，都市都還是小鎮市的風貌，但樹木卻隨處可見。記得民國六十年代初期，丈夫被派到臺東主修灌溉工程，暑假時我常去探夫。那時北迴鐵路還沒影兒，我第一次到東部是由臺北搭飛機到花蓮，再坐小火車到臺東。出了臺東火車站，赫然看到久已不見的三輪車，五輛一字排開在候客呢。我感到無限的親切，立刻跳上一輛。談價錢，無論遠近皆「十元」新臺幣。車伕的慢動作想是與小城的悠閒生活有關，車子悠悠晃晃的走著，我這陌生的過客以欣賞的眼光瀏覽經過的街道巷弄。很多街巷還是泥土路，但在古樸的街道上，處處有幹粗葉茂的老樹坐鎮，不顯得荒涼，卻透著樸雅。那枝幹虬蟠的老樹，有的粗根冒出地面，成了里巷間兒童嬉遊搶坐的小板凳。有的樹下恆常擺著賣車票、香煙、檳榔的攤子。有的樹下有公車站牌，成了天然的候車亭。到臺東時適值午後晚炊前，更多的阿公阿婆坐在屋前大樹下，搖扇納涼眺望街景。有些團團如華蓋的老樹，彷彿是樹旁住戶的守護神，枝葉覆蓋著矮屋頂。

到了丈夫的「官舍」，推開門扉，又是綠樹撒下的一地蔭涼。院子裡有大王椰，做爲籬牆的矮灌木，高高的挺立著的檳榔樹，還有釋迦樹。早上起來，有陣陣清香襲向鼻端，原來正是檳榔樹開花時節。踱到院裡仰望那檳榔樹上飄送幽香的小白花，忍不住輕哼：「高高的樹上結檳榔……」的採檳榔歌。檳榔不易採，回去時卻擷摘了幾粒大釋迦給孩子們，讓孩子們看看爸爸臺東宿舍裡種的水果。那自然是前人種的，我們是乘涼享受美果的後人。

回臺北時，我常走南迴公路，由臺東到屏東。走南迴公路經過太麻里，離太麻里不遠汽車就穿過一條約有五分鐘路程的樹廊。樹廊是我給起的名字，至今我卻還不知道那些樹是什麼樹。問司機，有說是欅樹，有說是樟樹。但樹長得欣欣向榮，公路寬可行走並排兩輛大卡車，路兩旁的這些樹，就手牽手的搭起樹棚。一進樹棚就走在樹廊中，車前車後綠色入眼青，車猶如行走在圖畫裡。丈夫調回臺北後，我再也無緣舊地重遊。但每一思及，總是衷心祝福它別來無恙，我擔心它會不會因拓寬道路，或佔了改建鐵路的路線，而遭到砍伐的命運。

最使我震撼的是金門的樹：金門因茂樹由童山濯濯的景觀成爲樹城。

很早就風聞早期的金門島是荒漠枯石、童山濯濯、看不到綠意的地方。但多年前我第一次到金門，飛機飛臨金門上空時，機翼下的金門島上卻是一片叢林，黃土地上一叢叢的樹連綿不斷。下了飛機，坐上進市區的車，車子就穿梭在樹廊之中，每條公路都是綠樹夾道，連巨石崢嶸遍布的太武山上都綠樹蒼蒼蔚成森林地帶。

後來知道，金門的樹成長不易，全是戍守前線，捍衛國家的健兒們，在戎馬倥傯之暇，一株株胼手胝足種植的。而當初最支持的人是蔣夫人宋美齡女士。蔣夫人三十八年十二月到金門勞軍，親臨前線各地巡視，看到金門一片荒漠缺少綠意，回來後即指示運樹苗到金門。但金門季節風太強，沿海沙地，海風鹹雨，樹苗一批批從臺灣運去，存活率幾等於零。「人定能勝天」，經當時駐守的司令官和專家們研究，全體將士的努力，終於戰勝了惡劣的自然環境，使金門綠樹處處，風景優美，變成綠色滿全島的海上公園。而金門的樹，也代表了駐防金門國軍英雄的精神，永遠生氣勃勃，欣欣向榮！

最難忘是那年到漢城開會，在一個朝陽燦爛的上午到中國大使館。車子一駛上漢江岸上的堤防公路，我就被眼前那片無涯的青翠柳色愣住了：公路兩旁那浩瀚壯麗的柳陣，讓我目眩神迷。飛揚在晨風中的柳條兒，在陽光裡如一張遼闊的綠色窗帘飛舞著，使我愛煞！更勾引起我濃濃的鄉愁。我生在處處有垂柳的地方，漢城與故鄉遼寧鐵嶺的緯度相似，記憶中的「柳蔭深處雙飛燕」、「折枝新柳做柳笛」、「柳絮漫天飛舞如白雪」兒時情景都到眼前來。那次回來竟然夜夜楊柳入夢來，偶然聽文友秀芷說永和有一條以柳樹爲行道樹的路，我還巴巴兒地跑去訪柳。只是那柳樹竟都瘦伶伶的了無生氣，是水土不服，抑是柳樹離了北地故土，到了南方異地也思鄉憔悴？後來聽說都被砍去，因爲柳條兒長，路不寬，飛拂的柳枝會擋住駕車人的視線。

新栽的楊柳砍去不足惜，但在快速繁榮的臺北，時時看到爲修路，爲起高樓，合抱的老樹遭到被連根拔起的命運。「十年樹木」，一棵幼株的樹木長成大樹，豈僅十年？爲棟爲樑之材，怕要二十年三十年呢。而老樹成蔭，團團如華蓋，更要經過漫長的歲月。爲築路築屋發展都市文明而砍樹是莫可奈何的事。雖然百年老樹擋住了發展的路線，仍應考慮讓它們碩果繼存，老樹不僅美化環境，它也有歷史的年輪。

七十八年二月二十二日《青年日報》

生活的歌——

我們都曾年輕，人生美好的路走過，

人生奮鬥的仗打過，有過絢爛的歲月。

——摘自〈大江東去〉

揮毫樂

旅居舊金山近二十年的鄉長輩，已年高八十，日前來函囑我代購草書字帖，準備開筆優游於筆墨揮毫之間，以遣異鄉客居的寂寞。

小女兒由紐約回來度假，臨走除了帶走我剛出版的《寂寞沙洲冷》和《女人的知心話》，還帶了我寫的一幅字。女兒說媽媽寫的中國書法掛起來，讓她那西式的家屋有點中國味。我的一位好友，擅長丹青，曾畫外銷的絹面團扇。不但中國華僑喜愛，老美更是愛不釋手。

中國文化藝術有獨特的風格，尤其國畫和書法，可以寄情「游於藝」，怡情怡性。可以表現美使陋室生輝。可以把玩欣賞增加生活的情趣。尤其在揮毫濡墨之間，有種揮灑和營造之趣。

中國的毛筆是一絕，走遍全世界，沒有看過這種軟趴趴的筆。而中國人用它鉤、勒、描、繪，經營出紙上壯麗的山水，畫出大自然美麗的花鳥魚蟲，人間美女倩影、俊男丰采。更能寫出龍飛鳳舞的草書，拙樸古意的隸書，整齊端麗的楷書。而這些畫和書法，都有「橫看成嶺側成峰」之趣，讓人從不同角度欣賞到不同的美感。

而中國毛筆最迷人之處，是它經營出的美，給生活中增添情趣。最記得小時家中客房中懸掛的一幅「牧童騎牛吹笛圖」。那是一位世伯畫的畫，父親題的字。父親寫得一手好書法，也工詩詞，又會吹簫。他公餘之暇臨案揮灑，還作打油詩唸給母親聽。興起時吹一段「蘇武牧羊」、「滿江紅」，日子過得輕鬆閒適。他在那幅「牧童騎牛吹笛圖」上題著：「世上最好騎牛穩」，大概就是他的生活態度吧？所以我從小生活在閒閒散散的生活環境裡，也喜愛上那畫兒和書法，總想長大也能握筆揮毫。

但成長的歲月生活漂泊不定，屬於閒情逸致的事總得有閒暇的時間去經營。習丹青、練書法的願望之苗，隨著年華老去逐漸枯萎。

誰知多年前一個偶然的機會，我卻一跤跌進硯墨池內，沉溺在書法天地間。

那天去資深名編孫如陵先生府上做客，大夥兒吃罷孫府名菜「金鉤掛玉牌」，參觀了他那後院池塘錦魚，老樹珍卉，來到他的習字書房。那成落習過的書法作業，讓我沉思。孫先生指著那些作業說：「每天抽出些時間寫幾張書法，能增加生活情趣，又可練字，把字寫好。」孫先生是很注重字藝的人。

那一刻我突然悟出，日子雖然忙碌，每個人依然可以在紛擾的紅塵中，保有些許自己的寧靜天地，營造生活中的情趣。

由孫府回來，我們幾個客人都成了當時孫先生工作機關——中華文化復興委員會裡的學生，在會裡的書法班從名家李普同先生習字。

那一陣子，每星期一次書法課是我最快樂的時間。看老師臨課揮毫，那枝軟趴趴的毛筆在他手中就變成了魔棒，草書、楷書、隸書，方塊形的中國字，以不同的造形丰姿出現，看得我們嘆爲觀止。

而當我自己每次揮毫習字時，也在經營中嘗到營造的樂趣而渾然忘我：「呦！這個『舞』字怎麼寫都很醜，再寫一次！」如此一遍兩遍。直到它有翩躚起舞之姿，那種成就感不亞於造了一棟漂亮的大廈。

臨摹時另一個心靈享受，是能細細琢磨詩詞中的情感，當我臨摹南唐後主的〈破陣子〉時，曾擲筆長嘆，他不應生在帝王家：「四十年來家國，三千里地山河。鳳閣龍樓連霄漢，玉樹瓊枝作煙蘿，幾曾識干戈。一旦歸爲臣虜，沈腰潘鬢銷磨。最是倉皇辭廟日，教坊猶奏別離歌，揮淚對宮娥。」這一首亡國之君的悲歌，賺人熱淚。自古以來多情的文學家，難以成爲強國的霸主的。

書法之趣，還在於它有「畫境」之美，一撇一捺，鉤、勒之間，都有它的氣勢。楷書、草書、隸書、篆書在名家的筆下，宛如環肥燕瘦的美女子，各有各的丰姿。而書法家的墨寶也各有各的風格：剛勁的、渾樸的、雄偉的；纖秀的、飄逸的、飛龍走蛇的……。

很懷念那些年，文復會在新春舉行的文藝界聯誼會，會的地點都選在山明水秀的遊樂區裡。名家齊集，面對青山綠水即興揮毫，我們這些門外漢得以大開眼界。由此因緣我得以收藏到王靜芝教授、陶壽伯大師、陳立夫先生、陳奇祿會長、王壯爲名家等人的墨寶，給舍間陋室增輝。而各位名家當場揮毫那種從容的風度、落筆的嚴愼、熟練的筆觸，讓我看到中國文人泱泱大家的風範。

我至今很珍惜的收藏那些因「字緣」而得來的名帖名字，當我年邁時，我將日日揮毫臨摹以忘老。

八十三年三月十二日《中華日報》

花災

「玩物喪志」，自從我搬進這棟有院子的房子裡來，也體會出玩物也可以成災的道理。

我有一位長輩愛書成癖，常常買書。他不一定有時間看，但奉行「買來再說」的原則。這些買來再說的書，日久積少成多，就氾濫成災；到他家一進門映入眼簾的全是書的影子，書櫃書架書桌，客廳飯廳臥室乃至廁所，無一處無書，眞的是名副其實的書城。他的夫人爲這些氾濫成災的書所苦，催他淘汰舊的、過時的，他嗤之以鼻的對我說：「眞的，你們女人家懂柴米油鹽，就是不懂得書，書和古董一樣，好書越舊越值錢，有歷史價值，如果絕版了，我這些書就是珍本啦！我買的這些書是準備退休後細品書中味的，怎能輕易丟棄！」

我的一位親家，喜好音樂，家裡堆著滿坑滿谷的唱片。另一位文友是歌唱的愛好者，她收集的中外名曲歌本足可以開一座小型的歌曲圖書館。

我雖愛書，還未到品書藏書的氣候，書多未成災。對音樂是初段程度，僅止於唱與欣賞，也沒興趣去深研，所以不知兩位愛樂者有沒有被唱片歌本氾濫成災所苦。但我卻因為有個後院，在種花上「大展鴻圖」。花癡般種花，結果飽受「花災」的折磨。

七年前有幸又住公家宿舍，更有幸的這棟宿舍外表雖然古樸不怎麼起眼，但獨門獨院二層樓，寬敞，光線好。最獲我心的是有個三十多坪的後院，在今日寸土寸金的大臺北，我卻得老天獨厚，擁有這麼大的院子，不啻是住花園洋房。

在我飽受「花災」之害大吐苦水前，先談談我住的環境。丈夫任職機關的宿舍是一座大院子，裡面共建了五樓公寓三棟近百家，因為是現代建築，沒有成為大雜院。各掃門前雪的成績是家家門前陽臺花木扶疏，很是優美。我們住的二層樓房共四棟，是後來改建的。改建前後院靠南牆一帶是三不管地段，院子裡有那喜歡農事的同事，就在這兒闢菜圃做老農。我第一次來看房子時，這塊地上長著綠油油的小白菜，在陽光下款擺，美極了。這些小白菜雖贏得我好感，但終不如一進門那家花紅柳綠的艷麗花兒引人，我決定將來把菜圃變花園。

搬來後度過忙亂時期，一切安頓就緒，我就開始在後院大展種花鴻志。托福前人種菜把土壤養得很肥沃，種菜人把菜拔光後土壤都不必翻，挖個坑把從舊居搬來的盆花盆卉移植下去。植物和人一樣，酷愛自由和遼闊的天空。泥土是它生根的地方，再加上陽光雨露的滋潤，這些原本侷促在溫室般陽臺上的花，展現了強韌的生命力，株株茁壯，欣欣向榮。原本單調的後院，成了四時有不謝之花的後花園。

而那些默默成長的植物，雖然無聲卻勝似有聲。每當風和日麗的清晨，我澆完花，看那帶著水珠兒的枝葉在陽光下閃著碧光綠影，那枝椏間展現的苞蕾，綻放的花朵迎風款擺，舊枝梢冒出的新綠，彷彿聽到生命茁長的歌。

這些無聲卻有情的回饋，促使我瘋狂般買花，每逢星期假日得空就往建國花市跑，去探花訪柳，從不入寶山空回。草本的、木本的、春鵑夏荷秋菊冬梅、國蘭洋蘭，後花園一年四季都有花的倩影。

是誰說的，種花如養嬰兒，要小心呵護，才能長得漂亮健康。從變成花奴，我才體會到此話的妥貼。花開嬌媚，花兒也嬌嫩，夏日怕日曬，冬天怕寒流，雨水太多根會爛，幾天忘了澆水會枯萎而死。要賞好花，得付出一番心血，雖然不必一日看三回，但要時時注意它的生態。還有種蘭花要蘭棚，要花開早須勤施肥，野草常鳩佔鵲巢，要時時拔除。於是我澆花、施肥、拔草，蘭花搬進搬出，成了花奴。最傷腦筋的是每當我出國遠遊，要找個「護花使者」代替我的職務。因爲對花草從不感興趣的丈夫，常疏忽所託。有一次在國外兒子家住了一個月，花兒死了一大半，後花園成了野草叢生的荒地。

有句臺諺說「一樣米餵百樣人」，花的世界也如此，一樣的土地長出不同的花草。種花也要知「花性」，沙漠玫瑰要陽光喜乾燥，蘭花要溫和的陽光怕烈日直射，有些花生命力特別旺盛，要時時防它「坐大」成了禍患。就如九重葛和軟枝黃蟬，它們不但迎著陽光恣意的往上爬，有時紅杏出牆去。枝葉茂密處鳥來做窠，蜂來結巢，變成養蟲蚜的溫床。從發現後院那株九重葛枝椏間暗藏一個大蜂巢，我已請人來鋸了好幾次，每次千元修剪費，有一年應新聞局之邀到田尾的公路花園參觀，攜得一株炮仗花的幼株回來，種在向陽的地方。眼看它欣欣向上竄，攀上了後陽臺的欄杆，越過欄杆又爬上了牆，探首鄰家窗檯。開花時一簇簇一串串，熱鬧又豔麗，芳鄰都讚美好漂亮。但看它一路爬竄，怕將來無法控制它，請來花匠修砍，一估價竟需兩千元！兩千元不過修剪枝葉，太寃大頭啦！決定自己親自動手。事不經過不知難，費了九牛二虎之力完成修枝工作，省下兩千元的結果是：計滑一跤、膝蓋掛了彩、手肘劃破傷痕一條，手指破皮一處，腰痠背痛一星期。修剪下的殘枝敗葉，拜託回家的么兒拖出去丟棄，換來心疼的數落：「老媽！以後別逞能啦！」言外之意怪我不愛惜老骨頭。

不過，七年來日日爲花辛苦爲花忙，卻悟出一些人生的小道理：譬如對世上有些事不要太癡迷，要學會割捨。玫瑰花捨不得剪枝難開豔花。玉蘭花葉子太密捨不得修剪不開花。園子靠牆的那株聖誕紅，捨不得修剪，長得太高了，樹大招風，颱風來連根拔起，只好丟棄。

凡事也不可太貪。當初瘋狂般買花種花，而今後院那塊不過三十多坪的地方，已造成花滿爲患的局面。很多花寄人枝葉下，缺少陽光朝露，很少開花，大概營養不良。

更洩氣的是，有些花在花市擺著花開似錦，買回來一朶花都不開。跑回去請教花販，花販莫測高深的笑著說：「買花的人種的花那麼容易開花，我們吃什麼？」話裡透著使我咀嚼的玄機，我想到「一花一世界」。看來花的世界和人的世界一樣複雜哪！

七十九年一月十六日《中華日報》

大江東去

那天路過故居，正值暑假又逢週末，巷口那家裝潢不錯的電影院卻門前冷落車馬稀，愛看電影的學生觀眾都不知到那兒去了，難怪電影業者大嘆苦經吐苦水。

現在影視的玩意兒太多了，錄影帶、ＫＴＶ、卡拉ＯＫ，因此冷落了電影。我有時在不是假日去看電影，全場觀眾僅是小貓三四隻，內心也有知音人難尋的失落感。其實現在電影院不上座兒，有時也不關片子好壞，倒是對了觀眾的「口味」很重要。有一次我去看一部描寫二次世界大戰猶太人被納粹份子迫害的片子「國境燃燒」，全場連我只有三個觀眾，片子感人，演員都是水準以上，一開演就如一枚催淚彈，讓我的淚水不停的流。那種無家可歸的戰亂恓惶，使我想起童年的逃難的歲月。因爲左右鄰座都空著，我放心痛快的抽抽搭搭哭到終場。而去看「麻雀變鳳凰」時，已屆下片時間依然客滿。細看觀眾，女孩子佔多數，大概現在的女孩子都想知道灰姑娘遇到億萬富翁變公主的原因。

我做學生時，娛樂的種類不多，只有看電影是課餘的樂事，換片就去看，好片壞片照單全收，是「無魚蝦也好」的標準影迷。

因爲是向家裡要錢「伸手牌」的學生，花錢不能不打算盤。那時星期天上午有兩場半價電影，上午看兩場半價電影，下午再看兩場學生票的。那時住校，拜託同寢室的同學由飯廳偷帶兩個饅頭，晚餐就是兩個饅頭和白開水解決。

昆明的南屏戲院專演西片：「亂世佳人」、「戰地春夢」、「魂斷藍橋」、「翠堤春曉」、「西線無戰事」、「北非諜影」場場客滿，都上演一星期之久。昆明戲院的國片「金粉世家」、「啼笑姻緣」、「西廂記」賣座也不錯。兩個大戲院各有各的觀眾群，南屏戲院以學生居多，昆明戲院的觀眾是社會大眾。但我和另外一個影迷同學中、西通吃，以「跑片」方式看電影；南屏街看完西片，再趕到近日樓的昆明戲院。兩地雖然相隔不遠，但因時間差不多，兩人施展「飛毛腿」的速度，趕得上氣不接下氣，運氣不好時只得買站票。

中國電影有陣子流行有插曲，每片都少不了幾首歌，到後來變本加厲，很多電影故事情節都以歌劇方式進行，演著演著就唱起來，夫妻相罵用唱的，情人打情罵俏用唱的，山歌小調都出籠。電影裡流行插曲，造就了很多歌星，那時還沒有電視機，歌星都在廣播電臺打歌。影片下了片，此片的插曲還不斷的在電臺播送，動聽的歌成了流行歌曲，歌喉好的歌星就成了觀眾的偶像。我看完電影也學唱其中插曲，唱著唱著竟然唱出癮來，就像「歌迷小姐」裡的挿曲：「我愛歌聲輕妙，一天不唱就心焦……。」整天哼哼唱唱，成了歌迷。

影迷歌迷喜歡看電影聽歌，愛屋及烏，自然視影星歌星爲偶像。沒有電視的時代，電影院爲了片子賣座，流行請影星歌星隨片登臺的噱頭。當年電影明星不會唱歌的，都有幕後代唱的歌星，如姚莉、潘秀瓊、席靜婷，這些歌星觀眾雖然一直不識廬山眞面目，但她們的歌聲，知名度已如雷灌耳。所以李麗華、白光等天王巨星到臺灣登臺轟動，幕後代唱的歌星大家更要一睹風采。加上她們每次來都負有「勞軍」重任，軍方也配合支持歡迎場面。主角們乘吉甫車遊街，警車開道，影迷歌迷夾道歡迎，好不風光！直叫天下父母心，生兒當影星生女做歌星。

有一年不知那部片子以黃梅調的歌曲爲挿曲，因爲賣座鼎盛，黃梅調竟然如火如荼席捲電影界：「江山美人」、「呂布貂蟬」、「七仙女」都成黃梅調歌劇了。而以一部「梁山伯與祝英台」最轟動，這部片子把黃梅調歌曲推向流行高峰，也捧紅了凌波，連演三個月不下片。由首輪戲院演到二三輪戲院，有人看了十多遍，打開收音機就會聽到：「梁兄哥啊！」

後來梁兄哥凌波到臺灣登臺勞軍，由松山機場獨乘一輛吉甫車。警車開道，一路到市區中心，影迷夾道爭睹梁兄哥風采。我和辦公室幾個「凌波迷」女同事，特地請假去看凌波。

到時松山機場已人山人海，我們被擠在人海裡難以殺出重圍，只好隨波逐流往前擠。擠著擠著，我突然覺得自己矮下去，直覺告訴我，我的一隻高跟鞋跟斷落，我成了瘸腳佳人。幸虧公車站旁有家木屐店，買了雙木屐，我穿著迷你旗袍（當時旗袍流行短及膝蓋），足登木屐，手拎高跟鞋，花容失色進了家門，丈夫看我一眼，忍住笑問：「又去做臨時演員啦？幾個鏡頭？」

大江東去，浪淘盡，千古風流人物。一個時代有一個時代的年輕人偶像。現在是林志穎、劉德華的演唱會使年輕人瘋狂，昔日的白光、凌波已沉寂。

不久前臺北舉行老電影回顧展，童月娟、白光、姚莉被邀請來臺北登臺，電視臺廣播電臺在來來飯店訪問她們。適逢我也有飯局，無意中發現年輕時的偶像，大喜過望，也湊上前去一睹久違的「芳容」。

那一瞬間我覺得「時間」眞是一個殘酷的劊子手，它把一個美麗的藝術品，用歲月的斧痕毀了它的美麗，白光已不復是當年的美艷！那天她淡抹絳唇，白衫上一叢蝴蝶蘭，少了嫵媚，多了豪爽，舉手投足間有成熟的風趣。親切隨和有問必答的侃侃而談，逗得年輕的記者們眉開眼笑，場面十分溫馨。

日昨電視上曾慶瑜訪問她，特寫鏡頭下掩不住歲月足跡的臉上，依然有年輕時一顰一笑的神韻。請她唱一段，低沉獨特的歌聲，感性的流洩出：「眼波流，半帶羞。……」「只要我愛你，不管你愛我不愛。……」歌詞，神情是那樣的沉醉、專注。是歌詞動人？是蒼涼的歌聲感人？主持人含著淚向她獻花，電視機前我這老影迷也熱淚盈眶！

被問及對這一生的感想，她說：「此生無憾，感謝上天眷顧。」

的確，我們都曾年輕，人生美好的路走過，人生奮鬥的仗打過，有過絢爛的歲月。老去，凋謝，都無憾。

八十二年九月十三日《臺灣日報》

高歌一曲黃梅調

「梁兄哥啊！
你道九妹，是那一個？
九妹就是祝英台！」

儘管隔了二十多年，重聽這迴腸盪氣的黃梅調，內心依然爲之陶醉，又回到往日年輕時的情懷。

相信每個人年輕時，都喜歡哼哼唱唱。但我更相信，十個有九個人，到了年華老大就變成不唱歌的沒嘴葫蘆，和失聲的秋蟬，輕易不開口吐歌聲了。因爲中國人保守的觀念，認爲「歌唱」、「跳舞」都是輕佻的行爲，老大年紀，引吭高歌，或翩躚起舞，不被目爲「神經病」才怪。要唱歌，只有小聲自哼自唱，或躲在廁所當廁所歌手。

而我們旗人家規很嚴，女孩子笑不露齒，言不高聲，坐要有坐相，站要有站像。唱歌？

正經人家的大姑娘，哼哼唱唱有失莊重。

因此喜歡唱歌的我，讀書時在學校唱，回家從不展歌喉。記得初中時，抗戰正値如火如荼時，全國上下民心沸騰。我們學校遷往鄉下，大家都住校。教音樂的老師會寫詞又會作曲，天生我才難自棄吧？天天早上升完旗，做完早操就教我們唱歌，我那時學會唱很多抗戰歌。

學校借住一所孔廟裡，正殿做爲大禮堂，晚自習大夥集中在殿裡作功課，音樂老師常會如幽靈般出現在暗淡搖曳的菜油燈的光圈中。一聲「昨夜我夢江南……」感性的歌聲，同學們立刻推開課業，同聲齊唱。於是吹熄了燈火，在黑暗中「黃水奔流向東方……」「布穀聲聲田裡水漂漂……」歌聲響徹暗夜，每個人忘我的融在「讀書不忘救國」的豪情中。這些歌也激起自我的期許：努力讀書，充實自己。

但這種忘我，放開胸襟的高唱，離開學校，就沒有如此的場合了，只能偶爾輕哼低唱。

考上大學，課程裡沒有音樂課。但同寢室裡有位歌迷同學，她酷愛「流行歌曲」，出出進進整天哼哼唱唱，那時電影流行插曲，周璇的「拷紅」、「花好月圓」。李麗華的「鳳凰于飛」、「千里送京娘」，還有「天長地久」、「西湖春」。我們同寢室四個人，每次看電影回來，她對電影裡的插曲都能琅琅上口。她的功課一向是鴉鴉烏，唱歌卻是一聽就會，被我們目爲「有音樂細胞」的奇才。見賢思齊，我自認是缺少會唱歌的一根筋，卻也學會了很多流行歌曲。

到臺灣最初那些年，電影變成電影歌劇了，對白沒幾句，劇中的演員就對口唱將起來。像「瓜棚小唱」、「野丫頭」、「情人橋」，主角不會唱，請幕後代唱，那個時期也紅了一些幕後代唱的歌星，如姚莉、席靜婷、潘秀瓊。

後來香港作曲家周藍萍把大陸的「黃梅調」引到香港，首先轟動的是林黛和趙雷主演的「遊龍戲鳳」，至今「戲鳳」仍受聽眾愛好。接著「紅樓夢」、「七仙女」全是黃梅調挿曲。但最爲轟動的，莫過於「梁山伯與祝英台」了。凌波在片中反串瀟灑倜儻的梁山伯。她那獨特的嗓音，把黃梅調歌曲推向高峰，黃梅調歌著實風光了好多年。

在臺灣，很少電影連續上演一個月不下片。但「梁」片卻在首輪電影院演完，又到二輪電影院演，後來又在三輪上演。

那時位於臺灣電視公司附近的中華體育館，沒有球賽時就演電影，「梁」片到此演已是四輪了，票價也較便宜。我家剛搬來臺北，住在忠孝東路復旦橋附近，過了橋就是中華體育館。那時我正賦閒在家，「梁」片在中華體育館演二十天，我就看了五場，每次都帶了讀幼稚園小班的么兒，兩個人步行過橋。因爲那時公車半小時一班，走路不過十多分鐘。我又性子急，每次我在前面急急行，他在後面緊緊跟。到要看第六次時，他要賴了，任哄任騙，又許他好處，他是鐵了心不當我的跟班。後來問清楚，不是怕走路，不是看膩了梁兄哥。而是：「你好討厭哦，每次看完出來你都哭得眼睛紅紅的，別人都看你，好沒面子！」原來小男生很愛面子，怪不得平常上街他總牽著我的衣角。但回來走在復旦橋上，他一臉的不高興，亦步亦趨的跟在後面。他討厭我哭的樣子。

其實在這之前，在首輪戲院上映時，我已看了三遍，自己覺得不好意思了。後來聽說臺大文學院院長沈剛伯教授都看了十多次，才覺得吾道不孤，引以爲榮！

自從凌波把黃梅調歌唱紅，那幾年眞是大街小巷都聽得到黃梅調，因爲電視機還是稀罕物，還是收音機的天下。廣播電臺天天播黃梅調歌曲，有的還闢「黃梅調」時間，打開收音機，轉一轉臺，準能聽到「黃梅調」。

不久我又開始上班，每天上下班經過一條窄巷，是軍眷區。黃昏下班，下了公車，彎進巷內，一路上家家收聽「梁兄哥啊！」我於是放慢腳步，附聲合唱，一天的案牘勞累也彷彿隨歌唱消失。

更精彩的是梁兄哥凌波挾盛名訪臺北，我和幾位「波迷」同事溜班趕到松山機場，要一睹廬山眞芳容。當時機場眞箇是「人山人海」，我們幾個弱女子，只能伸長脖子，遙望凌波揮動的玉手。敗興而回時，不但花容失色，我還手提高跟鞋，穿了木屐回來。因爲一隻鞋跟擠斷，只好在路旁小店買雙木屐救急。

我唱歌一向是「隨意」，邊學邊唱，從不看歌譜。可是那幾年，眞的收集了很多黃梅調歌曲的譜，與起時就對譜高歌一曲黃梅調。當然是選丈夫、孩子不在時，老觀念改不掉，怕他們笑我這麼大年紀還扯著嗓子喊，神經病！現在這些歌譜，幾次搬家，不知丢到何方了。

其實普通人，喜歡唱歌的歲月沒多久，年華老大，愛歌的細胞也衰老了。黃梅調、流行歌曲曾是我的最愛，而今久不唱，很多歌詞都漸漸淡忘。

今年母親節前夕，凌波和當年幕後代樂蒂唱祝英台的席靜婷，又舊調重彈，在國父紀念館盛大演唱「梁祝情史」。女兒知道我曾是黃梅調迷，花了六千元買三張票，我與她的婆母及她，去做顧曲周郎。

當凌波那一聲：「遠山含笑，春水綠波盪小橋……。」在舞臺上響起時，喚回我那青春歲月，我彷彿走過時光隧道，又回到當年年少的日子。

只是，不知是人老心腸硬了？情感痲木了？人生經驗多變理智了？抑是凌波、席靜婷的嗓音也老了？我缺少當年激情和癡迷的感受了。

走出國父紀念館，夏日的夜風涼涼地，我感到一陣曲終人散的寂寞。

幸虧我們都曾「年輕過」：愛過、激動過、癡迷過、熱情過！因爲「著迷」是種很美好的感受，樂在其中！

《臺灣新生報》

傻瓜玩「傻瓜」相機

父親喜歡玩照相機，我和姊姊小時候是他「開麥拉」前的專用模特兒，照相時讓我倆擺出各式各樣的姿態，起先好奇，我倆也興致勃勃的和老爸配合，還自動做些「可愛」的鬼臉。到後來厭倦了，看到父親拿起照相機，就腳底抹油跑得沒影兒，父親卻一直樂此不疲。

我和姊姊到後來所以厭煩，是因爲給父親做模特兒太苦了：譬如照叉腰踮腳的舞姿，手都痠了腳都痲了，還未按下快門，嘴裡還直說：「別動！別動！」也有時照笑的表情，腮幫子都笑僵了，要折騰老半天才照一張。

那時玩照相機可不簡單，不像現在有半自動、全自動，任何人一學就會。當年照相機不如現在精密，一個如書本大小的長方盒子，照時要對光圈、距離。陰天不能照，最好在中午大太陽下照，而且沒有任何捷徑，全靠經驗，和心有靈犀一點通的領悟。

那時照相不若現在普遍滿街照相館，爲了方便，玩照相機的父親也學會了那套沖洗的技術。在山西太原住的時候，父母臥室旁有間小耳房，常見父親躲在裡面，關起門來工作。那間小房子的窗子都掛著黑布窗帘，一張桌子上擺了瓶瓶罐罐，還有盛水的小缽。父親沖洗相片時也讓我們進去觀摩，看他把膠卷取出來，在只有一小盞暗紅燈下，放在這邊缽裡泡泡，那邊缽裡泡泡。然後夾在繩子上，就看出影影綽綽的影像來。後來我一直不喜歡玩相機，太麻煩了，又花錢，勞民傷財。

結婚後丈夫又是個喜歡玩照相機的，但他志不在照，而在機。買到心愛的照相機把玩之餘才照，但卻有神來之筆。有一年在植物園的一條大王椰路上照的一幀「椰路風光」得了攝影佳作獎。我呢，一直是相中的道具，有時小得只看到是美景中一個長髮女子（那時總是留長髮）。

有一年他出差日本，又帶回來一架新式照相機，半自動的，光圈距離都不必費心，在適當的地點按下快門就可以了，生手也會照。我試了幾次，全憑運氣，時好時壞，有清楚的，有模糊的，不知毛病出在那裡。因爲一直對照相沒興趣，也不去深究。更糟的有時會出現半個臉，半個頭的，還有照片中的空白太多，有時忘記拿下鏡頭蓋。有一次辦公室辦自強活動，到石門水庫遊玩，我帶了照相機，讓同事們大擺美姿，照得不亦樂乎。洗出來的膠卷全是黑板，照相館的老闆笑眯眯的說：「你忘了拿鏡頭蓋！」眞是又糗又懊惱，在辦公室從實招來，引爲笑談。

照片由黑白到彩色，相機由對光圈到有鎂光燈，由半自動到全自動，科技的日新月異，日日在進步，由一架小小的照相機可以看出來。前幾年相機又有了新產品：鏡頭門會自動跳開，光線不夠，鎂光燈會自動亮，照完會自動捲膠卷，只要照相的人動動指頭按下快門就可以啦，白癡都會用，所以又稱爲「傻瓜照相機」。

去年我也買了一架「傻瓜」相機，以爲用了此機萬無一失，可以大顯身手了，用了幾次都沒有出差錯。今年母親節我們幾位好友和邱伯母共度佳節，我特地帶了「傻瓜」相機，咔咔照了很多張，原以爲洗出來都是有紀念性的鏡頭，結果只洗出一張色淡影淺的切蛋糕的相，其餘的全曝光了，內心的懊惱不用提了。新的相機，又是全自動的，毛病出在什麼地方？百思不得其解。拿著相機請教照相館老闆，他弄來弄去找不出毛病，肯定我曾掀開膠卷部門的蓋子，可是迄今我想不出何時曾碰過那個蓋子。

不過由這次的經驗證明，任何精密的機械都不會十全十美。像我，傻瓜玩傻瓜相機，一個疏忽就出洋相，出現給朋友照了相，卻繳了白卷的尷尬事。機械仍需要配合人的腦子，才能發揮它最好的功能。

七十八年八月二日《中華日報》

獨鍾足下履

手拎著鞋盒，走出百貨公司大門就盤算：如何把鞋盒僞裝起來帶進家門。我怕遇到我那口子在家，又是那句話：「怎麼？又買雙鞋！」

也難怪他如此說，有時我也懷疑自己八成兒有點「鞋癡」的傾向，看到漂亮的鞋子就想買。

和丈夫相比，我一年買好幾雙鞋子；他一年最多買一雙皮鞋，和一雙休閒鞋。家裡兩個鞋櫃，他那新新舊舊的鞋加起來只有五六雙，僅佔了鞋櫃的一層。剩下的空間全是我的，套句他諷刺我的話：「可以開個小型鞋店了。」

有一次我給小外孫女讀故事書，讀到小蜈蚣穿鞋那篇，唸到小蜈蚣穿鞋累得滿頭大汗時，他在一旁聽見噗哧笑了，對小外孫女說：「姥姥應該生小蜈蚣那麼多腳！」「爲什麼？」外孫女瞪大眼睛奇怪的問。「穿她的漂亮鞋子呀！」

他的話雖然是俏皮我，事實上每次出門作客赴會逛街上課穿那雙鞋子，眞夠我折騰老半天。配衣服皮包的顏色，看天氣的晴雨，季節的選擇，場合的考慮。眞是鞋多主人累。雖然如此，逛百貨公司、逛街，我仍雙眼獨鍾鞋店鞋攤，不買，欣賞欣賞也好。我一直是以欣賞藝術的眼光看我們的「足下之履」的。

中國女人的巧手，最早表現在繡花上。在女子無才便是德的時代，「繡花」是女人表現藝術才華的手工藝。繡手帕、繡枕頭、繡門帘，尤其是「繡花鞋」，鞋頭鞋幫上繡上五彩繽紛的蝴蝶牡丹花，栩栩如生的柳條枝頭鳥，就是幾朵淡雅的小雛菊繡花鞋，也能使足下生輝。近年又流行穿繡花鞋，有的還在鞋頭上釘了亮片，讓人不忍心去穿它，供在案上做爲藝術品。

還有木屐。住在臺灣老一輩的人，誰都穿過它，空前絕後涼爽，走起路來踢踏有聲如「踢踏舞」，不怕雨濕，不會生「香港腳」。可惜它由木屐變成了塑膠拖鞋後，漸漸失傳。那天走過一處鄉村小鎭，驚見一家小雜貨店蒙塵的貨架上，竟然還陳列了幾雙木屐。我買了一雙漆了紅漆，上面還有描金花紋的孩童木屐，回來擺在客廳的玻璃櫃裡，年輕朋友看了嘖嘖讚美它美麗又可愛，年紀大的朋友懷念起穿木屐日子的種種。

的確，由我們足下鞋履的演變，也可以看出臺灣經濟漸漸繁榮的「足跡」；剛到臺灣時，入境隨俗，我們居家穿木屐，方便便宜舒適，出門做客上班才穿皮鞋。我那時在春節發雙薪，或年終獎金才買新鞋，而且是清一色的黑色皮鞋。

後來有了夏天的白皮鞋，也像服裝一樣推陳出新變式樣：尖頭細跟，圓頭粗跟，淑女型、貴婦型。有一年還流行高底厚跟的「麵包鞋」，大家戲稱「矮子樂」，因爲矮個兒的女士穿了，立刻可以增高幾公分。

現在臺灣的女士穿鞋像穿衣服一樣，跟著流行走。設計師年年翻新花樣，到鞋店看看，眼花撩亂，雙雙美得眞讓我恨不得生成蜈蚣腳。

「鞋」由保護足下，到現在美化足下，有時也代表身價和儀表。有人說看男人先看「腳」，鞋履光鮮的男人定是春風得意，不是落拓失意，平添了儒雅氣，而穿名牌意大利的名貴鞋履，八成是商場上兜得轉的人。

而我呢，卻是得天獨厚，生了雙尺寸很容易買到鞋的腳。逛著逛著，忍不住拿起來試穿一下，不買穿穿也可以嘛！這一穿，愛煞它，想不買也難！

不管丈夫嫌我浪費也好，鞋滿爲患也好，我打開鞋櫃挑穿鞋子時常想：我們生活在世界物質如此豐富的時代，在能力範圍之內，何不享受自己的所愛呢？就如當我年華老去，名貴化妝品也掩蓋不了我臉上歲月皺紋時，但我擦胭脂抹粉過，讓自己也美過，此生也無憾了。

八十三年七月十二日《青年日報》

衣禍

前些日子家裡大掃除，搜索出一批舊衣服，包了兩大包，賣酒矸的來了，把它和舊報紙放到門口待價而沽，不料賣酒矸的把報紙綑了去，對那兩包衣服與趣缺缺。

「古衫沒人愛啦！」他瞄一眼衣包。

「都八成新的，很漂亮哦，你秤了去送人也好嘛！」只爲不太流行了，女兒棄如敝屣，淪落到被我當破爛賣，還很心痛哪。

「莫愛啦，現在新衫卡便宜，沒人穿古衫啦！」

想到公館地攤上各式各樣物廉價美的流行時裝，誰還稀罕這些不流行的舊衣裳呢？望著賣酒矸的開著發財小貨車聽那擴音器喊著「酒矸哪賣末」絕塵而去，不知如何處理這兩包舊衣服，不禁發起愁來。

記得剛來臺灣那幾年，孩子穿了太小的，或不穿的舊衣服，送給洗衣的歐巴桑，或鄰居孩子多的人家，他們都歡天喜地收下這份「舊禮」，還連聲道謝。而現在卻無人問津，想想也是我們這一代人有「穿」的福氣。

「佛要金裝，人要衣裝」、「人仗衣服馬仗鞍」，衣服是左右人們儀表的身外物。我們常說「衣食住行」，可見穿衣是人生四大要件之一。在農業社會紡織業未發達前，穿衣不易。衣料貴，一件質料較好的衣服可以穿個幾十年。抗戰時在大後方穿得更苦，大家都把一件衣服的功能發揮到極至，大人穿得袖破領毛改給孩子穿，哥哥穿了太小傳給弟弟穿，最後補得不能再補才報廢，完全遵守朱子家訓「一絲半縷當思來處不易」的教誨。那時穿的煩惱是「沒有衣服穿」。

三十年河東，三十年河西，想不到在臺灣享盡了穿的「福」。譬如我，高貴料子的「絲絨」旗袍有三件，平常都不敢亮相，怕被朋友譏爲「燒包」或窮人乍富的鄉下人。但又生在平常百姓家，鮮有大慶典可派用場，只有兒女婚嫁時才亮相。至於家居出門的衣服，多得可以做時裝模特兒，天天可以穿不同的花樣。尤其現在，臺灣的成衣業世界聞名。北到東北亞，南到東南亞一帶，遠到太平洋彼岸的美國，隨處可見各種式樣的臺灣成衣。因爲臺灣經濟繁榮，第一個發達的是紡織業。除了棉、毛質料，化學纖維原料生產的衣料花色鮮麗、易洗易乾、不褪色不起縐、免燙不易破，成本低價錢便宜。後來又有成衣問世，不必花手工錢找裁縫師父，買來就穿。現在消費者有福了，穿已不僅是美儀表護身體，而成了享受——悅己悅他，穿得漂漂亮亮，自己、他人看著都舒服。業者更想盡辦法掏消費者的腰包，衣服年年花樣翻新：忽長忽短、忽瘦忽肥，大家成了衣服架子，時裝模特兒。和友儕們談起穿衣之道，都有衣服太多，家裡衣滿爲患的煩惱。

衣服多的另一個原因，是愛美的天性。女人尤甚，迷信三分人才七分打扮：卽使無鹽再世，也希望藉美麗的時裝遮遮醜。牡丹雖好，還須綠葉扶持，天生麗質的大美人，更需要美麗的時裝增加更多的光彩。因此女人多的家庭，衣滿爲患的情形更嚴重。就如我家，有三朵花般年華的女兒，加上我這喜歡穿的老媽，打開衣櫥全是花花綠綠的女時裝——有歷年來式樣不流行，卻八成新，捨不得丟棄冷藏在衣櫥裡的舊衣。有大減價盲目買來，穿了不合適，棄之可惜的便宜貨。四個女人的新衣舊裳加起來足可開一間小型時裝店。

衣服太多，不僅有放置的煩惱，也有穿的麻煩。家居時粗服舊衫不必費心，出門上班赴宴穿那件衣服可煞費周章。穿衣雖小道，但穿得合適漂亮卻是大學問。穿裙著褲要看場合年紀。穿紅著綠要搭配得悅目。所以出門前脫脫穿穿，常爲試穿衣裳折騰得遲到不守時。更有一次，家裡遭樑上君子光顧，雖然沒有失物之痛，卻有意外的「衣災」之禍。那時身爲公務員，家中常是空城，值錢的東西和現款多放在辦公室的保險櫃中。偷兒找不到目的物，做地毯式大搜索，家裡翻得如垃圾場。中午回來打開房門，幾疑走進估衣店舊貨攤，滿地是衣服。每間都有衣丘——衣堆，我只好跨過衣丘，淌過衣河，檢查偷兒來的路徑。面對這雜亂的「衣災」我束手無策，又鎖上門去上班。晚上回來家人幫我共同處理「衣災」現場，那晚飽受么兒的數落，還諷我們母女四人有「時裝模特兒幻想症」。

曾不止一次下決心約束自己的購買欲。可是貪小便宜的心理，禁不住大減價的誘惑，不知不覺的又破了戒。趕時髦的心理，總覺得自己身上穿的沒有櫥窗裡的模特兒穿的漂亮。自以爲有穿的藝術眼光，黃襯衫要配咖啡裙子才出色，正缺少一件黃襯衫，於是去買了一件新襯衫。如此這般衣櫥裡的衣服像滾雪球，越來越膨脹。

如今三個女兒出國的出國，結婚的結婚。她們帶走了新時裝留下舊衣裳，趁著大掃除整理出來，棄之可惜，原指望賣酒矸的能爲我解決舊衣服的煩惱，卻不料白送人家都不要。

由這兩包無法處理的舊衣，使我想到「煩惱無門，惟人自找」這句話。譬如現代人的物欲，不僅使生活變得複雜，也製造很多煩惱：青蔬滋味美，卻思山珍海味；住華屋又思遷大廈；有機車代步，又羨慕開轎車的風光。得隴望蜀的貪欲，使得一生汲汲營營永無寧日，煩惱叢生。鄭板橋有詞：「名利竟如何？歲月蹉跎，愁風愁雨愁不盡，總是南柯。」明知名利物欲不過如此，但有幾人能看得破把持得住呢？昨天我逛街時還買了一件一九八四年最流行的秋衫！

七十三年十月十九日《中華日報》

千金散盡還復來

有一天和一位當主編的朋友聊天，她嘆息的說：「現在寫稿的人愈來愈多了，我桌子上的稿子每天都堆得好高。」言下之意頗有一方面感到工作日漸沉重的壓力，一方面奇怪寫稿還是被看好的行業。

假如寫稿算是種行業的話，那的確是個不錯的行業。第一，它是無本生意，一隻筆、幾張稿紙，就能換來鈔票。第二，不必跑辦公室，家就是辦公室。你躺著寫、坐著寫，寫累了小睡片刻，文思不來繞室徬徨，構思時吃零嘴、聽音樂，沒人干涉，你是你自己的老闆，是純自由職業。第三，如果才華洋溢，勤於提筆，寫出一兩本暢銷書，不僅聲名大噪，稿費也滾滾而來，老編視你是名家，登門約稿，出版界視你是財神，爭相爲你出書，稿費足可求田問舍。

不過知道行情的人，都知道上述的第三種情形，只有國外作家才有，臺灣百不一見。

臺灣的寫稿人，大都稿費非薄，不足養家活口，所以很少人「煮字療飢」，只拿它當副業。數得出來的幾位專業作家，雖然也有寫出花園洋房、租套房寫作，但那是窮一生爬格子，三更燈火五更雞的熬夜，常年耐住野渡無人舟自横的寂寞才有的收穫。普通寫稿人所得的戔戔之數，只能貼補家用，或做爲零用錢而已。

就如我，寫稿的歷史不算短，但因爲稿費還不夠報所得稅的資格，在家庭財政方面，一向居於不是收入的收入被忽視的地位。也因此它成了我的私房錢，全部由我自己支配。

由於數目不多，我也不寄望它滿足我的大欲望，如買房子、車子，我只用它購買我小小的快樂，買時裝、飾物、化妝品、鞋子、請客、出國旅行。

其實，自從十年前提早由公職退下來後，寫作就成爲我生活的重點。如果勤於提筆，作品見報率也很高。再加上有時會得個徵文獎，或出本書的版税之類的，平均起來，每個月的稿費與公家機關的委任級職員也差不多，如果不去動用，累積起來也是一筆可觀的數目。偏偏我不善理財、不熱中儲蓄，又是窮大手，歷年爬格子的「千金」都散盡了。

這主要原因是我認爲錢之爲物，就是要去運用，放在銀行存在口袋不去用，它只是一個沒有價值的數目。如果把錢透過我們的智慧去完成一件事、一樁心願，它才有「活」的價值。

戔戔之數派不上大用場，我用它把自己裝扮得漂亮光鮮也是人生一樂。我用它請志同道合的老同事、老友、文友小酌一番，醉翁之意不在酒，聊聊、聚聚（但多數是蜻蜓吃尾巴，各出各的），更是最大的快樂。出國旅遊花費雖多，但行萬里路如讀萬卷書，不僅身心愉快、拓寬視野、增廣見識，對一個寫稿人更能觸發靈感，有新穎的題材好寫。

筆墨生涯過了這些年，我知道用一隻筆養家活口、求田問舍苦矣！難矣！但如做爲副業，戔戔之數的稿費可比得上百萬：只要不停筆，千金散盡還復來。而我多年積少成多的稿費，在今年發揮了最大的價值。

六月間我回大陸探親，購買送給親友的禮物，留給父母一筆使他們有安全感的金錢，都是我的稿費。我不能隨侍在側奉養他們，不能改變他們生活的大環境，但我讓他們知道，在海峽的這一邊，還有一個關心他們的女兒。

七十七年十一月三日《大華晚報》

作家上臺

站在講臺上講話，對某些職業的人不是難事，譬如教師。但如以作家身份站在講臺上開講，相信很多人第一次都如臨大敵，緊張兮兮。

以前的寫作者，所謂的「作家」，只是伏案在格子紙間自說自話。自從臺灣吹起了「作家演講」之風，很多作家走出書房，站上講臺，面對讀者和社會大眾現身說法，從談寫作的人生問題，如男女感情、婚姻生活、命與緣、對時事的看法，乃至私生活，都在命題之內。流風所及，忝爲寫作者，也有以作家身份登臺亮相的機會。

私底下我不是木訥寡言型者，有時和熟朋友們在一塊閒磕牙，還被視爲能說善道。記得在河南開封讀省開四小時，我們班上有兩節說話課，訓練學生演講。每個學生要站在臺上講五到十分鐘的話，講題不拘，老師要打分數。我那次講的是武俠小說「荒江女俠」中的一段，不但同學們聽得入迷，老師都忘了下課，一堂課讓我佔了一半多，而奪得頭魁。誰知當我第一次以作家身份登臺說話時，竟然臉紅心跳怯起場來，眞應了那句「小時了了，大未必佳」的話。

由於幾次面對大眾和上電視的經驗，我認爲在大庭廣眾之前演講，比關起書房門自己靜靜的塗鴉難多了。寫文章可以心無旁騖任思維如野馬般馳騁，寫完自認不通不順的地方，或詞不達意，可以修改或慢慢推敲。但站在臺上，下面眾目睽睽的瞪著你，心裡先就緊張了。像而在臺上一言旣出駟馬難追，說錯話、講得不好能改嗎？那份懊惱足使人臉紅手心冒汗。像有一次座談會，事先對講題的範圍做了一番準備，我前面有三位名嘴打頭陣。他們講時我一邊聽一邊默唸稿子，但到我站起來看到下面黑壓壓一群人，全是陌生臉孔，卻膽怯起來。一時意亂心慌，稿子看不淸楚，詞也忘了。幸而強自鎭定，就把聽眾當做學生，把講臺當課堂，才沒有出洋相。事後回想，當年站在臺上講「荒江女俠」時年紀小，初生之犢不怕虎，沒有患得患失的恐懼心，才能把故事頭頭是道的講出來。

更怕的是上電視，鎂光燈一照，兩三個鏡頭對著你，眞是手足無措不知擺什麼樣子的姿態合適。如果來個特寫鏡頭，沒有經過化「電視妝」的普通臉，眼角魚尾紋、眼下眼袋全無所遁形。我曾對朋友戲稱我上電視，電視攝影機就彷彿是照妖鏡。平常攬鏡自照，我並沒有那麼老醜。所以能不上電視，儘量不上。

但有的時候身不由己，我又是個不擅推辭的人。況且作家都希望自己的作品得到共鳴，作家以口代筆，直接面對讀者，如能在講問之中水乳交融，其中更有共鳴之樂。很多事需要在經驗中學習，演講也如此。一個人如果常有機會登臺面對陌生大眾講話，一生二熟，久了自然不會怯場能侃侃而談。更應該抱著學習的態度去聽聽人家如何講。有時候聽一場夠水準的專題演講或座談會，真如讀一本聲文並茂的有聲書籍。而且演講的人，就如發表作品，各有各的講風，在下面冷眼欣賞，也是很有趣的享受。

我曾聽過某名教授作家的演講，是激昂慷慨型，講詞大膽，語調富節奏感，很叫座，會場座無虛席，連走廊上都站滿了人。另外一位以寫國外特殊經歷成名的女作家，聲調充滿戲劇味，演講如演話劇，聲音裡感情十足，很得女性聽眾的青睞，據說她的演講可以賣票。一位將軍作家，見多識廣，以敢說敢講，良言擲地有聲見長，聽他演講，眞的會使人熱血沸騰。有位雜文家，她的講詞順手拈來，如和老朋友聊天，有時會揷進不傷大雅語意雙關的葷笑話，或加點自糗的小笑料，言如其文，舉座皆歡。還有一位會唱歌的作家，口才好，還能控制演講會場的氣氛，這種方式很適合到學校或加工區年輕人多的場合，講完臺上臺下大家共同高歌一曲，氣氛親切，會贏得頻頻安可：「下次請再來！」場面很溫馨。

由於喜歡聽演講，由他山之石中得悟到作家要做一個成功的演講者，第一口齒要清晰，以及穩健的臺風、富機智、不怯場。尤其要有豐富的常識，肚子裡要有點東西，否則搜盡枯腸沒有材料好講，自然言語無味吸引不住聽眾。作家登臺演講最怕沒有聽眾，小貓三隻、四隻冷場面，自己在臺上唱獨角戲，那滋味不好受。這又關係著策劃主辦人宣傳發動之責，一場很好的演講，主辦者沒有打開宣傳沒有聽眾，也是一種智慧的浪費！

不過話又說回來，作家演講叫不叫座，還是決定於作品本身。通常聽眾都是由讀作品，想一識作者廬山眞面目，才來聽本人現身說法。所以作家還得努力創作，不要成爲只演講沒有作品的作家。因爲我知道有些演講機會多的作家朋友，像作秀般南北趕場，沒有時間寫作了！

七十八年四月三十日《臺灣新生報》

筆耕苦海

話說早年做爲一個公家機關的小課員，早九晚五的按時上下班。工作呢，是不用經過大腦苦思的檔案工作。賺的錢呢，剛好做爲補貼家用，置點上班的行頭。日子過得平淡輕鬆，本可以順順利利做到退休年紀，領一筆足夠餬口的退休金，回家頤養天年。壞就壞在人無自知之明，和隔行如隔山迷糊愚騃，不知那根筋不對，我竟然一念之差，誤踏「作家苦海」。後半輩子就在這苦海中載浮載沉，成了一名「煮字不能療飢，出書不能闖出萬兒，封筆又不甘心」的寫作人。

在做逍遙白領人的時候，我的工作有時間性。上午歸檔的公文還未到，桌上清潔溜溜，下午才是埋首苦幹時。公家機關單位有的是四不管的單位，只要不躭擱工作，工作人員自由的空間「海闊天空」：喝茶、看報、看閒書，由自己隨心所欲。我服務的機關，全局的書報雜誌全由文書課管理。近水樓臺，當日的報紙，新來的書和雜誌，我這個「文字迷」都可以先睹為快。

看報，我是純為打發空閒時間和消遣。國家大事、社會新聞我不感興趣，專看副刊。由於全省各大小報都有，我可以看到各種「風格」的副刊，不同作家的作品。

報章上的副刊，是中文報紙的一大特色。不要認為它是「報屁股」的身價，由民初的幾張報紙，到現在讓讀者翻得手瘦成落的張數，副刊一直佔有一席之地，屹立近一個世紀而不衰，它甚且還凸顯報紙的風格和特色，很多讀者是為看副刊，情鍾某報副刊才訂該報的。

報紙副刊還有一個特色：開放給讀者大家寫，花錢買外稿刊登。由於自由投稿，副刊自然而然成了「作家養成所」。細數中國作家，很多都是副刊的投稿者起家。由投投看，到嘗到稿子被刊登的甜頭。而後欲罷不能，成了望重文壇的名家，躍登國際間文名響噹噹作家，問鼎諾貝爾獎的文學家。這個佳文繽紛、各顯才華的文字園地，是很多愛好文學的人想躋身其間的。

我雖胸無大志，但讀久了副刊，心儀諸名家之餘，竟然萌了見賢思齊的虛榮心。自不量力，東施效顰而誤蹈進「筆耕苦海」！

我最近常把寫文章和玩麻將聯想在一起。很邪門，初學寫作的人，和初學打牌的人，手氣都不錯，一投必贏（如果投不中，死了念頭就脫離苦海了）。於是沾沾自喜，自己認為有文學天才，天生的文豪，信心大增，乘勝再投。

我敢說，除非是學者專家下海小試牛刀游刃有餘，普通投稿者，從未被退稿的百不得一。就如玩麻將的新手，好運氣不會永遠跟著你。怪的是麻將容易上癮，贏了想再贏，輸了想翻本，於是好像賭徒，不打牌手癢難熬。寫作也有這樣的魅力：投中，看著自己的作品飄飄然；不中，不信勝券扳不回，再接再厲。因此而沉溺在紙格間不能自拔，久不提筆，還會心中若有所失呢！

提到退稿，大概是老編和作者最傷感情和頭大的事。老編面對諸多稿子，退用取捨之間除了稿子的品質，還有其他因素，如何拿捏要苦思量。而作者初出茅廬時，接到退稿會傷心得鬱鬱寡歡終日。但日久天長成了「寫匠」後，稿品夠水準，退的少，也修成了「處變不驚」的老神在在的「皮性」：此處不留爺，自有留爺處，報紙都有副刊。除非你的稿子太差，觸到忌諱問題，涉及人身攻擊，會案牘勞形盡付東流水。所以寫久了的資深「寫匠」，知道迴避諸般忌諱。就如玩麻將，老手知道如何做牌，扣牌少放炮，當然贏多輸少了。

最高興的，莫過於得到老編的青睞，有個「專欄」讓你暢所欲言吧？不然，不然。寫作好比蠶吐絲，沒有桑葉啃食，腹笥空空，絲從那兒來？孤陋寡聞，沒有材料，巧婦難爲無米之炊。爲了找題材，念茲在茲時時捕捉靈感，把芝麻小事化爲放大鏡下的焦點來研究；做雞婆多管閒事憂國憂民批評時政。練成由一粒沙中看世界的火眼金睛，更要獨具慧眼慧心，見人所未見，想人所未想。爲此旅遊時不能瀟灑輕鬆走一回，一路情繫紙筆，記下所見所聞，做爲專欄話題。走路常構思，而走火入魔，被機車騎士罵「找死」！買菜去，走過菜場而渾然不曉。爲了怕固定日期見報的專欄開天窗，我常在午夜踽踽行向小巷口的郵筒，只爲投那千字左右的稿子！

寫多了，當然要集文成書，我提筆也晚，未趕上「出書」的拉風時代。據說有幾年作家們「掃稿成書」，本本不讓出版社蝕本。而今，作家的好日子過去了，要想出一本書難如上青天。

也難怪，現在是商業掛帥時代，一切向「錢」看。出版事業也是做生意，要隨著社會大眾的需求推出實用的書籍，爲人指點迷津：「股票投資」、「如何理財」、「易經命理」名列暢銷榜。我們是個「有權就有錢」的社會，青年人熱衷「如何創造自己」、「如何栽培自己」做爲將來的飛黃騰達事業充電。因此名人傳記、政客的憶往，甚而一代暴君的傳記都成了搶手貨！至於文藝作品，那些談人生談理想，談善惡人性的作品，都靠邊站了。寫小說，寫純情的愛情，太幼稚啦！現在社會風氣開放，寫愛情要大膽的寫「食色性也」的人性，才會有銷路。就如電影的《蝴蝶君》、《霸王別姬》隱隱約約，曖曖昧昧，讓人費思量才叫座呢。

而這些都非我輩「保守」的女作家所長，也不屑為的。但和出版社一談，這個骨氣就變成「自卑」了，聽了出版商的灼見，更洩氣：「文藝作品？沒人看啦。」接著他講出一番大道理：現在的作家要有知名度，成為公眾人物，作品才會暢銷；現在是包裝時代，打歌時代，要懂得包裝自己，自我宣傳；上電視啦，演講啦，打開知名度……而我卻固執的想，我不相信讀者如此崇拜偶像，而不看書的內容。

但信不信由你，到書展會場、連鎖書店看看，書海浩瀚，作者如果不為自己「造勢」，真的會被一些份量輕的浮木蓋得冒不出影來。我就曾在書海中找我那最近好不容易出的兩本書，真如大海撈針，最後在一個角落看到它倆寂寞的躺在那兒。我不禁悲從中來，想我近三十年案牘勞形光陰虛拋擲，我的孩子竟然如此的不爭氣啊！真後悔當年丟了鐵飯碗，勇躍「筆耕苦海」！

我呆呆的站在那兒，望著自己的癩頭兒子，怎麼看都有信心它們會有「出頭天」！因為我努力過、執著過、癡迷過，而且成了過河卒子。

我曾對我寫作班的學生說：「寫作，是世界上最沒本錢、最有價值的生意。一張紙、一枝筆寫出個人的智慧，讓這個世界更美好。但這個行業需要執著和毅力。」

我也告訴他們：「當你蹭蹬在這條路上時，遇到挫折，可以有怨，但要無悔。因為創作本身就有無窮的樂趣，和迷人的魅力！」

但在私底下，每當聽到那些爲「沒有寫作時間」，而提早退休的朋友，毅然丟開那盤「雞肋」時，我在暗叫可惜之餘，還跺腳扼腕說：「你就走著瞧吧！」

八十三年四月三十日《中華日報》

給他們一隻瓢

在影劇圈中有句話：「演而優則導」。一個演員在舞臺上扮演著人生悲歡離合中各種角色，歷盡舞臺上人生的滄桑，演出了很多經驗，淬礪了爐火純青的演技，再回過頭來把自己的經驗教導初出茅廬的後輩，如何去演好自己的角色，如何把戲演得叫好又叫座，是順理成章的事。

在文藝寫作圈子裡，也有相同的情形。一個案牘勞形，鍥而不捨爬了近幾十年格子的資深作者，作品日漸圓潤練達，被讀者肯定，也有資格把自身的經驗去教導有志於寫作愛好者。晚近文藝圈常舉辦文藝營、寫作班，都是由文壇上的名家，或資深作者執教。

我雖不是名家，但資深卻當之無愧，由青絲寫到兩鬢添霜。這兩年也因「寫久而教」登上講臺，現身說法，傾囊講授自己筆墨生涯中的寫作投稿經驗。

在寫作班上，我發現想成爲「作家」的年輕人眞不少。在教過的學生中，我也發現其中並沒有天才及英才。但我相信他（她）們都是光華內斂的璞玉，只要歲月和毅力去琢磨。因爲他們有對文藝文學眞摯的愛好，一顆易感的愛心，熱切的希望藉學習寫作，由看熱鬧的門外漢，變爲知門道的內行人提筆上陣，獻身於人類靈魂工程師的工作——成爲作家。

這些有志獻身文藝寫作的新兵，多數不是讀文學系的。對文字的駕馭不十分熟練，對文學所知不廣泛。但事實上文學系的學生，不一定會成爲作家。而作家不一定是讀文學系的。因此，當我面對那一張張誠懇的臉，一雙雙熱切的眼神，我想，那不是當年的我嗎？我不必教他們文學理論、文心雕龍這些深奧的課，我只要告訴他們我自身寫作多年的經驗：讀些什麼書，如何去尋覓寫作的題材，以及投稿應該注意的事。但最重要的，我強調寫作要有信心、恆心、愛心，更要用心。

俗語說凡事起頭難，希望走上寫作之途的初學者，多數缺乏信心和毅力，遲遲不敢提筆，或稿子碰了兩次壁就洩氣了。

但對我而言，寫作與投稿是種磨練自己作品漸入佳境的持久戰。投稿者猶如一個習泳者，站在池邊看他人在水裡如魚得水，自己卻是恐水症。看它千遍游泳指南，如果不下水揮手蹬腿，嗆兩口水，是永遠不會游的。投稿者也如磨劍的戰士，稿子就如劍，時常寫時常磨，不亮也光，久而久之自然會有筆如劍，獲得老編的青睞。

寫作是寂寞的行業，也是一個艱苦的工作。在這個「作家」的職業上，要想名利雙收，要靠幾分機運，配合你的文才。但機運是可遇不可求的，大多數寫作的人，都以衣帶漸寬終不悔的傻勁，嘔心瀝血的刻下一篇篇的作品，由青絲到白髮。惟一可告慰的是享受「寫」的樂趣，有陌生的知音，和廣大讀者的尊敬，以及幾本小書做爲人生的留影，在苦多樂少的人世間艱苦走一回，也算留下些許的成績單，不虛此生。

很多人認爲寫作的人感觸敏銳。並不是寫作的人較常人聰明，而是「心眼常開」。的確，爲要寫些什麼，寫作的人要永遠睜著一雙鷹眼，有一隻獵狗的鼻，一顆溫柔敦厚悲憫的心。有鷹眼狗鼻，才能在平凡的日常生活中找到值得寫的紅塵俗事。有悲憫的惻隱心，才會去挖掘人性的芬芳。作家如果常懷著杞人之憂的心握筆，永遠在人性的天秤上加添「善」的砝碼，期使我們生存的社會代代是理想的桃花源，寫作的靈泉自然是活水源頭，永不枯竭。

在寫作上有兩種人，有一種人常嘆枯坐書桌前，靈感文思都枯竭，不知寫什麼。有一種人筆下瀟灑，抓住雞毛蒜皮的事洋洋揮寫即成。

面對稿紙，不知寫什麼，是因爲沒有「用心」過。

寫作，不像公務員，下班休息。不是教師，課程有一定的進度。寫作是件念茲在茲，在腦中如影隨形的工作。走在路上，坐在車上，聊天時，讀書讀報的啓示，一個現象的聯想。

寫作的人要慣於在一粒沙中看全世界，一朵花裡看宇宙，讓一刹那的聯想、奇想，定影在記憶裡，醞釀爲寫作的題材。

寫作不是記流水帳，倚馬萬言的瀟灑作品難有深度，因爲沒有「用心」過。

寫作猶如以文字做方塊拼擺的七巧板。寫作的人所駕馭的文字愈多，擺的七巧板愈呈多樣變化，而有多彩多姿的創意。

凡事只要「用心」，就如細品橄欖，澀苦也變甘甜，自然樂在其中。我常常伏案拼擺這種文案的七巧板，修修改改，直到自己滿意。我堅信文字作品需要千錘百鍊，才會呈現它的深度和價值，以及文藝之美。

寫作者更要時時讀書報，吸取新的知識。在知識爆炸資訊氾濫的今天，書報的訊息是寫作的活水源頭，腹有詩書筆自華，不讀書報的作家，封閉了自己的文思，會陷入江郎才盡的境地。

文藝寫作是個迷人的世界。有煩惱感慨嗎？寫，一吐心中塊壘。有快樂新鮮的見聞嗎？寫，獨樂不如眾樂，和他人分享。有話要說嗎？自然有陌生的讀者共鳴。但要達到這種境界，首先要敲開「寫作之門」，走進寫作的殿堂，在其中學習、欣賞、創作、享受。如何開啓這扇門，因人而異，各有各的方式，而我只給他們「一隻瓢」。這一瓢飲，希望能「醍醐灌頂」，讓他們豁然間敞開了寫作之門。

八十二年一月十五日《中華日報》

浮世描繪——

以寬大包容的心，面對人間諸般煩惱和拂逆，煩惱和拂逆消失。心無煩惱，自得其樂由此而生。

——摘自〈常存寬恕心〉

書房滄桑

家有書房，在往昔的農業社會，是做官的，或鄉中富紳之家才有的排場，普通人家能備一桌一椅專供子弟讀書就不錯了。還記得抗戰最艱苦的那幾年，我家疏散到祥雲的小城，幾個兄妹每天晚上圍著一張長桌，桌上是一盞菜油燈，大家藉著搖晃而又朦朧的燈光做功課。

到臺灣之初，我家也沒有書房的設備。當我的第一個孩子入學後，她做功課的地方是飯桌。每天吃過晚飯，傭人把飯桌擦乾淨後，我們母女兩人就各坐一方，她寫功課，我幫她削鉛筆，或織毛衣，看報看閒書，這是無書桌書房時代。這個時代維持了好幾年，做功課的小童生增加到兩個，而老大的功課日漸繁重，我才警覺到需要添書桌或布置一間書房了。

一個家庭要有一間書房的條件之一，是住處寬敞。我是得天獨厚，從到臺灣沒有爲住屋發愁或傷腦筋過，外子曾服務的幾個機關，都是住者有其屋，而且房子也很寬敞。在我以飯桌爲課女之處的房子，是棟日式住宅，前後大院子，共有三房二廳。靠後面院子是一排落地玻璃窗，窗前是條長而寬的地板走廊。我買了三張書桌，靠著玻璃窗一字排開，還添置了三張椅子，一個大書櫃。這個角落佔地利之便，附近房間的紙門一關閉，它自成一個寧靜的小天地，無形之中成了書房。孩子大了，課外讀物不可少，我爲他們訂了「小學生」、「王子」等雜誌，丈夫到臺北出差常帶回一些新出版的故事書。爲這些日漸增多的兒童讀物，我又添買了一隻書櫃，做爲課外讀物的專櫃。

這個專櫃不但我的孩子喜歡，也吸引了鄰居的小朋友。那時左鄰右舍住的都是當地人，小縣城的居民比較敦厚有人情味，我和他們都成了好鄰居，小孩子們也打成一片。爲了孩子們出入方便，我家那時是門雖設而常開，鄰居的孩子們也自由出入，登堂入室，像到自己家裡一樣。他們到我家最喜歡的地方，一是爬後院的矮芭樂樹，當芭樂成熟時，一群孩子，大的坐在樹枝椏間，小的站在樹下仰望著，大家摘芭樂，吃得津津有味。另一個地方就是走廊上的課外讀物專櫃旁，有時聽後院兒語正喧嘩，一轉眼卻鴉雀無聲，探首落地窗處，只見一個個小花臉，小泥腳丫的坐在地板上，正聚精會神的埋首在故事書中。看他們一個個可愛的樣子，我好感動。賣鋼琴的宣傳詞有說：「會彈琴的孩子不會學壞」，其實常讀課外讀物的孩子也不易學壞。課外讀物，不但能增加孩子的常識，使他們心眼開闊，也能啓迪智慧，有舉一反三的聰明。我從不禁止孩子讀優良的課外讀物，他們讀書，考學校，我都順其自然。

他們都能按部就班的讀完大學，出國留學，從沒讓我傷腦筋。並不是我教子有方，而是托他們讀書時，涉獵課外書較廣的原因之福吧。

在他們長大後，有自己的臥室，臥室都有書桌書櫃，是臥室書房時代。他們可以關起門來，做功課，聽音樂，享受充分的自由，同時也顯出他們的個性和愛好。像大兒，在讀建中時，就立下志願繼承其父衣缽，讀土木工程系，所以還未考大學就私自購買這類書看。他還迷武俠小說。他的書臥兩用房的景觀是男兒本色，亂中有序，課餘就窩在這個小天地裡自得其樂。有時我生怕他悶出毛病，暑假時掏腰包請他和同學去看電影，都不能打動他外出的心。一直到他出國結婚，家裡永遠有一間別人看了亂糟糟，他一進去就不想出來的書房。

而么兒在大學時是「樂迷」，房裡牆上掛著吉他，地上擺著自製的音響，兩隻大喇叭，開起來聲震四鄰，常被我干涉。買的唱片不計其數。書桌上、書櫃上擺了好幾臺收音機。所幸後來他不聽熱門音樂，喜歡上輕音樂。而且也專心到本科物理上，否則我眞擔心他走火入魔，畢不了業。

三個女兒的書臥房也各有她們的特色，女人味也濃些。大女兒愛美，天生麗質難自棄，喜歡照相，滿屋子擺的掛的都是她和同學們拍的照片。她讀的是師大國文系，喜歡詩詞，至今我的書架上擺的古詩古詞的書，如《花間集》啦，《文心雕龍》啦，都是她出閣後留在家裡的。小女兒愛洋娃娃，又喜歡畫洋娃娃，進了她的房間幾疑誤進賣洋娃娃的店裡。由住處環境的布置，可以看出一個人的個性。二女兒生性冷靜，做事乾脆，缺少女子的寡斷之態。她的書桌書櫃永遠乾淨簡單，除了本科的書，很少閒書。

搬到現住的房子時，大兒已去國多年，大女兒小女兒已結婚，只有么兒和二女兒。後來他們二人也相繼出國結婚，我仍然讓他們的書臥房保持原樣，加上我的書臥房，我家等於有了三個書房。

其實我的書房雖然和臥室相連，卻自成一格。初來看房子時，見主臥室寬敞，還有一角別有洞天，擺上一個合適的書櫃，有屏風作用，儼然是個小書房。而且那扇大窗子正對著師大分部的校園和花房，以及我那種滿花木的後院，放眼望出，綠色入眼青。後院四季繁花不斷，時有彩蝶翩躚花叢間。小鳥枝頭亦朋友，時有鳥兒飛來歇停在樹枝上。尤其清晨，那聲聲宛囀悅耳的鳥音，使人心情愉快。可惜我卻無福享用這間書房，辜負了窗外那一片好風光。我的稿子多數是在家務事夾縫中，在樓下以打游擊方式寫的。因爲我在家活動的地方，多數是在樓下。身兼煮婦、應門童子，如果在二樓書房做「女作家」，勢必樓上樓下疲於奔命。在樓下的客廳裡，我擺了一張作廢的餐桌，燉牛肉時寫一段，信差按門鈴，收了信回來再提筆。

而我的樓上書房久置不用，它有了自然的變化。由於書房光線好，我在書桌上擺了一隻大圓鏡子。發現照這個鏡子梳妝打扮時，頭髮樣子會順眼些，脂粉擦得會均勻些。於是把一些瓶瓶罐罐的化妝品搬過來，書桌成了化妝臺。每次出門前對鏡梳妝，薄施脂粉，倒也容光煥發。

書桌雖然變成了化妝臺，但藏書依然滿架盈櫃。我藏有全套的「傳記文學」，由創刊號到現在。有全套的「中國文選」，由第一本到停刊。有整櫥的「大地叢書」、「九歌文庫」，「洪範」、「爾雅」、「純文學」等出版社的好書。再加上文友送的，出版社贈的。稱得上「藏書豐富」。這間書房與別人書房不同的地方是胭脂花粉和書本並陳的局面。記得讀初中時，男女合班。化學課時，上黑板默寫方程式，女同學時常不會寫，面對黑板發楞。老師就諷刺我們女生說：「其實女生比男生聰明，只是不專心。你們在家溫習功課時，一定時常照鏡子。我的妹妹就是如此，書桌上放面鏡子，看兩行書照照鏡子，怎能讀好書！」聽得一旁的男同學幸災樂禍吃吃的笑，我們女生恨死這個嘴上刻薄的老師。但後來想想，也有道理，凡事要專心，我想我的文章一直寫得不怎麼樣，與書桌變梳妝臺也有關，雜務太多，定不下心來。

所幸我一直喜歡看書，自孩子們都遠離老巢，我與外子家居消遣除了看電視和報紙，就以看書來遣寂寥。不僅樓上的書房常有新書客進駐，樓下的書櫃中也常添新面孔。桌上、椅上、几上、床頭櫃處處有書的影子，也算是「書香」之家。

只是，除了打掃清潔，我很少進兒子女兒那兩間書臥房。睹物思人，每看到他們留下的昔年課本、原文書，往事歷歷兜上心頭，我會油然生出悵然和寂寞之感。

七十七年十月五日《中華日報》

椎心之痛

我把匯票裝進信封，也裝進歉疚和祝福，心中默禱：「二弟，祝新生活開始，祝夢想實現。」我衷心希望，我做的不會太遲。

海峽兩岸開放前一年，父親還健在，首先和在美國的我的大兒聯絡上。不久，由大兒轉來二弟的信，他是我留在大陸姐弟六人中第一個和我通信的。

「親愛的二姐：在爹處看到你的來信，我高興得好像沉浮在大海中抓住了一根浮木……。」信開頭如此寫著。

信很長，告訴我他目前的窘況，透露他在文革時遭遇的不幸。最後他要求透過我和大兒的資助，到美國留學。他很自信的介紹自己的能力：「通英、日、俄、德、法五國文字，能譯能寫，學校讀的是電機系。」

信裡附了張黑白小照，風度翩翩。雖然已是中年，但我在照片上的神態和眼神中，依然能尋出我家龍子的長相。

二弟在我們姐妹中其實排行老四，我是他二姐。

二弟從小就是個要求完美的人，尤其對自己，四、五歲時這種個性已凸顯出來。他總是穿得像小紳士，當我們玩泥巴，在地上翻觔斗，他卻在一旁袖手做壁上觀。上學時，他的書包永遠整齊，課本如新，考試名列前茅。

抗戰時，我家住在滇西一個偏僻小縣城裡。每天晚上，我、大弟、他三個人圍著一盞菜油燈做功課。大弟很快做完上床睡覺，那時母親身體不好，父親深入滇西不毛之地測量滇緬鐵路，交通不便，途遙路險，常是匝月無家信，心情也不好，晚上很早上床休息。只有我和二弟相伴，幫他削鉛筆，擦寫錯了的字。看他小手緊握著鉛筆，抿著嘴唇用心的寫著，心中生出無限憐愛。那一段歲月是我和他最接近的日子。有兩個弟弟需要照顧的母親對他不免疏忽，大姐在昆明住校，我承擔「長姐如母」的責任，他對我特別親近。

後來我到昆明升學，僅由家信中得知二弟聰明乖巧，書讀得好，是父親心目中的龍子。所以當我在信中知道他落拓的情形，簡直不能相信：他大學時被退學，生過肺病，被認爲是右派份子，賦閒在家近二十年，年過半百尚未結婚。最糟的是得不到父親的諒解，父親氣他只是書蠹蟲，不識時務，天眞、意氣用事、衝動。文革時期還和他劃清界線，父子兩人水火不相容。白天父親上班後，二弟如幽靈般出現在家中。父親下班又消失，在外面閒蕩到午夜才回家。父親在二弟身上的期望破滅，恨鐵不成鋼的氣憤一直到老年都難平復。所以當他知道二弟透過我們的協助，要到美國留學，寄信來說：「開玩笑！半百年紀還夢想留學？身體那麼差，混不下去怎麼辦？客死他鄉？」並暗中扣下大兒寄去的財力證明。

「出國再讀書，是年紀太大了。」當回北京探親第一次見到他，也有這種感覺，內心塞滿「時不我予」的悲哀。他很瘦弱蒼老，沒有了照片上風度翩翩的俊美。沉默寡言，在我們相聚的姐弟妹群中，顯得很孤單。

幸虧他有個相戀了十七年的女友，大家稱她「小曹」，是二弟的學生，對他一往情深，卻因爲房子問題，二弟搖擺不定的思慮，以及父親的反對，不能有情人成眷屬。

我卻對小曹很滿意，是大陸上少見的清秀的女子，穿著素雅時髦，是位職業婦女，人很嫻靜。那次我們大家去遊長城，小曹也去了。一路上對二弟深情款款的關懷，二弟脈脈含情的承受，兩人的情意全盛在眼眸中。我發現二弟在小曹面前風趣又快樂，判若兩人。可憐的二弟，還是有人愛他的。

從長城回來，我就遊說二弟快些結婚，一切能用錢解決的問題，由我來承擔。

年過半百，已將是人生日薄崦嵫時，還爭什麼呢？我希望他安定下來，和所愛的人平安的過後半生，不要遠涉重洋到異國去強求那渺茫未知的未來。但二弟卻堅持他的美夢，也相信他到美國後，可以接她出去。於是「留學」的問題變成二弟和父親之間的冷戰、拉鋸戰，我也不知何去何從。探親後回來，二弟不再和我通信，他是誤會了我？

不久，我接到大弟的信，告訴我小曹車禍死亡的消息。他寫著：「車禍頭一天晚上，老二和小曹大吵一架，可能是心情不好，精神恍惚，騎車撞上了公車。」

小曹死後，我一直不讓自己去想這件事，因爲每一思及我總有椎心的痛，有「我不殺伯仁」的悔恨。如果當年我堅持助二弟出國，小曹也許不會死，二弟會接她去美國。

海峽兩岸開放後，我回去了四次，從不相信「命運」的我，越來越相信「宿命論」：聰明好強的二弟因環境和遭遇，飽嘗人生坎坷。而中資的我，卻因當年「走」對了一步棋，而能安享如意人生的棋局。

原以爲二弟已對留學美夢死了心，他卻美夢成真。透過一個在大學任教的美國朋友，申請到一份全額獎學金，代價是他爲美國教授朋友義務翻譯了六本書。他向我要財力證明和機票錢。父親已去世兩年沒有了阻力，我也不去想得太遠，只要二弟高興快樂，我願意爲他做一切。

當我們能幫助一個人實現他的美好願望，要及時伸出援手，不要讓「悔」的滋味啃噬你的心。

八十一年十一月三日《中華日報》

懸崖上的女孩

從讀高中就住校，我們的寢室像軍營裡的大通倉，成排的床鋪靠得很近。

住校的日子每天時間塡得滿滿的，上課、課外活動、晚飯後晚自習。只有晚上熄燈號後才得休息。睡前有段時間是我們最快樂的時候，在黑暗裡大家分吃零食、聊天、低聲唱歌。興起時會擲枕頭打枕頭仗，蒙了被單裝鬼嚇人，直到倦極悠然入夢。

年輕人常喜歡幻想自己的未來。我們聊天時常會訴說自己的夢想理想，少女情懷總是詩，有的說只希望在戀愛時遇到一位白馬王子，婚後有個摯愛體貼的丈夫，共擁有一個幸福的家庭。有位同學說她終生不嫁，要把一輩子獻給教育工作，爲社會國家作育人才。另一位同學說她將來要做醫生，懸壺濟世，爲世人醫療病痛。我那時正做著畫家的夢。

每個人的理想夢想都會受外在因素和個性影響，我當時想做畫家，只因教圖畫的老師曾對我說：「你對畫畫有點天份，將來可以向畫界發展。」老師的嘉許會給學生很大的鼓勵和自信。這位老師學的是西洋水彩畫，但他自創風格，溶入國畫的山水人物的畫法，作品呈現空靈夢幻般的美。在他的畫室裡有一幅畫畫著一個長髮的女孩，站在一個下有深淵的懸崖上。女孩長髮飛揚，衣袂飄展。她一手攏髮，遙望遠方，若有所思。同學們都愛煞這幅畫，尤其對畫中那女孩好奇，問他是否以「意中人」做模特兒？他微笑不答。有一位同學還問：「這女孩想些什麼呀？」「想她的命運！」這次老師半眞半假的說。

在那個涉世未深的年紀，對「命運」的認知很模糊，也不相信命運。但現在想起一些往事，深深覺得有時冥冥中確有「命運」之手操縱人的一生。

在讀高二那年，班上換了一位英文老師，課講得好。據說剛從英倫歸來，人溫文儒雅有英國紳士風度。他除了教課本上的課文，也選一些課外文章教我們。我第一次知道印度著名詩人泰戈爾，是由於他選教了這位詩人的一首詩，他能把作者創作時的心情分析得引人入勝。由他平時言談中，透露出他是個有抱負理想的人。而在那個戰亂時代，他對時政時有微詞。

他對我們班上三個英文成績不錯的學生很愛護——我，和立志教育工作者，及那位未來的醫生。那年學期末，他把我們三個人叫到辦公室，私下對我們說他下學期不教了，要到四川自流井去，那兒有一所高中請他去。那所高中學生完全免費，吃住不花錢，每月還發些零用錢，如果我們願意，可以轉學跟他去。而那裡的學風是積極的，讀書不忘救國，可以一展年輕人愛國抱負。

抗戰時青年學子都有滿腔愛國的熱血，那時正是老總統蔣委員長號召青年從軍，「十萬青年十萬軍」運動風起雲湧，如火如荼的展開。而他認爲青年還是以讀書爲重，不贊成青年學子從軍。

另外兩位同學家在淪陷區，是以校爲家，只求生活無慮，有書可讀，決定跟英文老師轉校。當時老師拿了三張表格讓我們塡，表格是「共產黨青年黨員入團申請表」。那時戰況危急，全國呼籲：「國共一家，槍口對外」，我也跟著塡了表格。

當天晚上我輾轉難以入眠，想到和父母說明，父母一定不會答應。如果私自不告而別，母親會傷心欲絕。而此去前途未卜，使我懼怕。但那顆想展翅飛翔的年輕心又躍躍欲動，幾經掙扎，在暑假回家後，我還是和母親說了我的打算。結果母親不願意讓我一個女孩子隻身離家到很遠的地方去，保守的父親狠狠訓了我一頓。那年家住在昆明城外，我得到禁足的懲罰，開學前不准進城。開學後我回到學校，英文老師又換了，另外兩位同學也退學了。

戰亂的歲月，人就如浮萍般漂東漂西身不由己。對外戰爭結束，內戰又起，我北歸考大學，又在炮聲隆隆的圍城中倉促結婚，接著避難來臺灣。

悠悠歲月，成長歲月中的很多往事都已淡忘。去歲到昆明探望家姐，我們都是在昆明長大的，由她的幫助找到了幾位老同學。其中的一位竟然是去了自流井，夢想做教育家的同學。由她的口中我知道另一位同學後來也轉學了。

那次的見面眞有如幻如夢的感覺，昔日青春年華的少女，而今都是滿面風霜的老人，大家相對唏噓感慨。她們讚美我不顯老，命運好。那位同學在回憶往事時，向我訴說去自流井求學的坎坷艱苦，下放的苦難，文化大革命的牽連，她一一嘗遍。半生顛沛，貧困多於富裕，教育家的理想沒有實現，婚倒是結了。她嘆口氣說：「坤芬到自流井後很快又轉學了，勝利後她回家鄉，又和家人到美國，聽說現在在美國行醫。你呢，雖然沒有成爲畫家，但手中的一枝筆可以揮灑理想……唯有我，一事無成。」我聽她感慨的傾訴，忽然想到「懸崖上的女孩」那幅畫。人的一生命運，難道眞的決定在一念之間？

我們都年輕過、熱情過、衝動過、魯莽過、自以爲是過，滿腦子理想幻想蒙蔽年輕的眼，衝勁有餘冷靜不足。但在重大事情需要決定時，仍需要冷靜三思，因爲一念之間會改變人的一生。

八十二年八月二十三日《中華日報》

温馨的上午茶

這一季的最後一堂課，學生們建議把課程改爲「聊天」。

好啊！我欣然同意。

我是個喜歡聊天的人。三人行必有我師。幾位朋友聚在一起聊聊，感情增加，易於溝通，也能增加見聞。聊天又有耍嘴皮子的樂趣，朋友們笑語如珠，口角春風，天南地北的暢談是人生一樂事。

偶然的機會，在一個報社裡成立的「媽媽社團」中教幾期「寫作課」。班上的學生多是年輕的家庭主婦，和偸得半日閒暇來上課的職業婦女。她們都有很好的學歷，爲了興趣，和充實自己，來上這門學校課程裡沒有的「寫作課」。一個星期兩小時的課，都是聚散匆匆，熟悉中依然有陌生感。但面臨結業，倒有了依依之情。

「聊天」是在一個很有藝術氣氛，古意盎然的茶藝館進行。楊楊米的房間，寫著「難得糊塗」書法的白布靠墊，牆上掛著山水國畫，還有龍飛鳳舞的書法，品味很高的。小壺小盅、幽香撲鼻的凍頂。小盤小碟的瓜子花生，和精緻小糕點的零食。時間是在上午。

大家席地而坐，舒服的放鬆自己。平常日子，因爲她們與普通的青少年學子不同，我總是以亦師亦友的態度和她們相處。現在，課業結束，我除掉嚴師的面罩，她們放鬆學生的拘束。沒有了師生的形式，我們都變成了朋友，自由自在的聊著，那種感覺眞好。

上課時，我教課的方針不像在普通學校那樣，重點鎖定在課業上，閒話很少。在教寫作課時，除了告訴她們寫作的竅門、重點、規則外，也教她們如何選書讀，文學的常識，以及人生的感情、遭遇、命運等諸般現象。因爲寫作的題材，畢竟多取自人生。尤其對感情和命運，年輕人最好奇，喜歡去探索。但在課堂上不能暢所欲言。此刻有人提議，每個人談談自己吧，自己的感情、遭遇，對人生的看法，期望，生活的種種。

的確，我常視「人」是一本書。你和我在別人眼中都是一本書。每個人生活的內容遭遇不同，智慧見解各有所長，「讀人」如讀書，當一群朋友相聚坦誠聊天時，就像翻開一本能給我們大家有所啓示，有所獲的一本書。

於是在茶香醲郁中，我讀著一本本的書。

在傑出女性日漸增多的臺灣社會，我以爲現代的都市女子，都希望在社會上與男人爭一席地，做個耀眼風光的女強人。其實不然。

「我是個胸無大志的人，學習寫作只爲愛好文藝。我老公誇我文筆不錯，不要埋沒。但我卻爲品嘗寫作的樂趣。我認爲做一個專業的主婦很好，把家裡弄得舒服些，使丈夫無後顧之憂，孩子回來看到媽媽。閒時我安排自己的生活，學寫作、易經、讀老莊、學韻律操，生活過得很充實。」想想，不必爲稻粱謀早九晚五的奔波，不必爲魚與熊掌兼顧而身心疲累，「平凡卽是福」，在名韁利鎖的社會裡，有幾人能悟出其中的道理？

「我小時是南部鄉下窮人家的女孩，一直過著失學窮苦的生活，後來長大到臺北幫傭，遇到一個善良的主人，他是大陸人，在臺沒有親人，看我乖巧，收我爲義女，送我進學校。大學畢業後義父去世，爲了實現義父辦教育的理想，婚後我與丈夫創辦了一所幼稚園，我自己擔任園長。大陸開放探親後，我憑義父留下的信，找到義父的子女，認了親。爲感謝義父養育教育之恩，我改姓歸宗。」

我靜靜聽著她們不同內容的人生遭遇，及對世事不同的看法；婆婆對她有成見，她以愛屋及烏包容，費心思去化解婆婆的心結，最後婆媳成了最親密的朋友。丈夫苦讀完成學業，艱困創業，在我眼中那位嬌小柔弱的女子，卻陪著丈夫走過坎坷路。現在她的丈夫是有四家工廠，企業界年輕傑出的老闆。另一位是社團裡活躍能幹的人物，她以回饋社會的心，做個快樂的義工。

學海無涯，學習的課程不一定在課堂上，我在這些「人」的書本前，成了孤陋寡聞的井底之蛙，從不知世上還有如傳奇故事般的眞實悲歡人生。而由其中我也讀到可貴可感的善良人性。充滿溫馨的人生故事。

當然，我也告訴她們我那在戰亂中度過的童年歲月，走過中國最艱苦的時代，在苦難和戰火裡曾經承受過的同胞愛。

在這間小小的茶藝館裡，我們聊著，笑著，慨喟著，又照了相，交換了留念的禮物，不知不覺時近中午。要不是有人要去接放學的孩子，有人要趕著去辦事，我們還不想結束這場溫馨的上午茶。

走出茶藝館，穿過小巷，小巷正熙攘。走進大街，大街正喧嘩。儘管有人責備詬病這個都市諸般現象，但它卻是個洋溢著活力的地方。在這塊土地上，人人力爭上游，人人認眞的生活，人與人之間以無形的人情味創作溫馨故事。臺北，我愛你！

八十三年一月二十七日《中華日報》

天才老媽

隔壁芳鄰是屏東鄉下的人，有一次鄉下「阿媽」來臺北「踢脫」，順便帶來兩隻眞正的「土雞」。其中一隻公雞每天天剛破曉，就在陽臺上引吭高鳴，盡「金雞報曉」的天職，讓我在似睡將醒的矇朧中享受那思古的幽情。

一天小外孫在我家過夜，祖孫同榻。天快亮時他聽到雞鳴，問我：「姥姥，是什麼鳥叫呀？」我一愣，笑著清醒過來，繼而好感慨。

現在的兒童豈止是五穀不分，連雞鴨家禽恐怕都不認識。他們從小吃媽媽從超級市場買回來已分屍的雞，在麥當勞吃炸得金黃色的雞塊，「母雞帶小雞」、「公雞報曉」只在看圖識字的書本上看到。

也難怪，這些「家」禽已被人們弄到「集中營」去飼養，養雞是養雞場、農場的事，是專供人類「口欲」、「營養」的事業了。況且都市寸土寸金，人住的地方都向高處發展，家禽更難有棲身之所，很多可愛動物都從我們的生活裡消失了。

記得當年都市人口還不稠密時，住的多是平房，總有一方小院子，不管是前院後院，這些土地都是家庭主婦發揮才幹的地方，種花種菜、養雞養鴨。

我當年住過一棟有前後院的日式房子，前院種花美化環境，後院種菜養雞，增加副食品。那年頭公務員薪金菲薄，勤快的家庭主婦動動腦筋開源節流，日子才不會過得捉襟見肘。

學做老圃樂趣多，泥土的芳香，看新綠一叢叢冒出地面，下廚前支使孩子去摘青蔬，臨場教育他們自然會識別菠菜、白菜、蔥和青蒜，再孵一窩雞雛，看牠們由毛球成長到昂首闊步，午夢乍醒，耳畔傳來咯答咯答的報蛋雞叫，倒履推扉，奔向雞棚，雪白圓潤的蛋還透著微溫呢！

那一年，一位本省朋友送我們一對番鴨，緞子般的黑色羽毛，紅眼圈紅嘴啄。初識這南國之鴨，只當牠們是觀賞家禽，看牠們在後院形影不離，鶼鰈情深的徜徉。一日發現只有一隻形單影隻作息，遍尋牠的另一半不見，只以爲走失，有一天聽後院有騷動聲，探首窗外，哈！只見鴨媽媽領著一隊七八隻小番鴨隊，搖搖擺擺滿院遊走覓食，原來失蹤的番鴨不知在何處生了蛋，這一陣子躲著去做月子去了。

小外孫在我抽屜中發現幾支竹針，問我是做什麼用的，我說織毛衣，他睜大眼睛欽佩的說：「姥姥你好棒哦，會織毛衣！」

在小外孫心目中，毛衣是要買的。只因他媽媽不會織，我也久不彈此調。

「慈母手中線，遊子身上衣」這句詩已不合時代了，現在的母親只須賺錢多多，不必辛苦手中縫兒衣，現代媽媽連鈕扣都懶得縫，更沒有興趣去學織毛衣。

我初做母親時，成衣業鳳毛麟角，裁縫師傅對孩童服裝興趣缺缺，我只好自力救濟，粗針大麻線努力學女紅，爲求效率縫級機也買進家門。身爲北方人，北方女兒個個會織毛衣，於是孩子的童裝毛衣全出自我這慈母手中線，不僅是我，那些年辦公室裡的女同事有空就針線不離手，坐在公車上都偸空兒織幾針。

那些年會用縫級機的女同事，還有一個特殊的經歷，爲戍守外島的軍人縫「征衣」。當年，蔣夫人主持的婦聯會有個縫軍衣的單位，每星期有一天在各機關輪派女同事去縫軍士穿的草綠色內衫內褲。剪裁好的材料很容易縫，一屋子上百臺的縫級機，像個製衣工廠，每次外國元首夫人來訪，都被帶到這裡來參觀，看看中華婦女與國家共體時艱的精神。由這些元首夫人身上，我看到要做好這個角色眞不簡單，她們不僅要在國內做「賢內助」，在外交上還是親善大使。我們的蔣夫人伴同老總統走過中國苦難艱辛的歲月，在昇平年代依然不忘保衛國土安全的軍人，聚集婦女們把尊敬感謝用慈母的愛心，密密的縫在征衣裡。

彈指二三十年光陰，我們由拮据走向富裕，物質上我們得到很多，但生活中也失去了很多生活的情趣，奉獻愛心的快樂。昔日的天才老媽已落伍了，現在的天才老媽是在社會上和老爸一爭長短的女強人。

《今天別刊》

老媽子・下女・菲傭

現在流行小家庭，雖然有高堂父母也不願含飴弄孫同住一個屋簷下。年輕主婦如果是純家庭主婦，倒也自由自在樂得過個兩情繾綣的小家庭生活；如果是職業婦女，家裡家外一把抓，再有兩個小搗蛋在保母家，早送晚接，可眞是疲於奔命，這時，極需一個「僕人」做幫手。

「僕人」以現代語彙解釋是「家庭管理助手」，我母親那個時代稱「老媽子」，我那個時代稱「下女」，現在家庭幫傭是外勞「菲僕」的天下。

這些「家庭管理助手」也因時代不同，各有千秋。

我小時家裡請的老媽子，多是到「老媽店」去挑選。

在北方出來幫傭的婦女，大都是鄉下窮苦人家的主婦。鄉下婦女受教育的很少，爲了幫助家計，只有到城裡幫傭，她們來到舉目無親的都市，先落腳「老媽店」。記得小時有幾次跟母親到「老媽店」找傭人，只見店裡有幾條長板凳，「準老媽子」都穿戴整齊，排排坐等著顧主來「相看」。

知人知面不知心，祖母曾告訴母親「相看」老媽子的相人術，第一要長相憨厚、手腳粗糙，是忠厚、老實、勤快的人。要沉默木訥，不會惹閒話、搬弄是非。那些眼媚膚白、伶牙利嘴，長得秀氣的多是好吃懶做、幹不長久的料。

事實上北方從前的老媽子，都很任勞任怨，忠心耿耿。有那大宅門的老媽子一做三代，老主人小主人都要敬她三分，能當半個家。這種老媽子逢年過節才回家，視主人的家為家了，平時稱呼「李媽」、「張媽」的，很溫馨。

我到臺灣時剛新婚，純家庭主婦，無孩子，沒有傭人也很輕鬆。但丈夫任職機關單位主管，公家配給女傭一名，是上班制，薪水公家出，我只供吃三餐，樂得做飯來張口衣來伸手的少奶奶。這種女傭叫「下女」，據說是日本人留下的稱呼。

臺灣的「下女」和北方的「老媽子」不同的是，下女多是荳蔻年華未婚的少女，主人直呼其名「阿英」、「阿珠」的很親切。

早期臺灣的婦女勤快又善做家事，尤其廚下工作，鍋蓋是木質做的都洗刷得白噹噹。女孩子從小就會做全套的家務事。我家第一個下女只有十六歲，很乖巧，但很貪玩，工作完畢就向我告假：「太太，窪出去一下。」就此不見人影。常在我晚飯做了一半才回來，我憐她是個孩子，也不願整日和她大眼瞪小眼，也就由她去了。

那時丈夫一個月有半個月的時間出差，丈夫不在家時她夜裡和我做伴不回家睡。她睡客廳，有一天夜裡我入廁，無意中走到客廳，發現榻榻米上的蚊帳低垂，人影無踪。遍尋各處，卻見後院門虛掩，我怕極了，坐等天亮。在黎明時她悄悄回來，問她是否回家了，她支吾不知所對。原來她午夜去會情郎，我一直被蒙在鼓裡，爲怕有壞的後遺症，只好辭退她。

孩子小時，我一直請傭人幫忙做家事。人的個性不同各如其面，所請的下女小姐各有千秋。一位愛聽歌仔戲，每晚都和女伴到戲院聽戲，丈夫出差時我只好做等門太太。有一位正是十八姑娘一朶花年紀，很愛漂亮，每天打扮得漂漂亮亮，有一次我和她站在門前買菜，菜販子稱她是太太，我竟淪爲下女了。有一位對丈夫頗有好感，常找機會和丈夫聊天，丈夫內向木訥，避之惟恐不及，只好辭退她。還有一位由小姑娘做到做新嫁娘，我陪送了嫁妝衣料金戒指，她第一胎生兒子還送了紅蛋和麻油雞飯來。

這種人情味的主僕關係，也因社會經濟發達而漸漸淡薄。在大都市的臺北請傭人不是主人選僕人，而是僕人選主人了。她們同行中互相介紹時常希望主人家是：有牌局，可以有賞金外快，無孩，有三機——洗衣機、電視機、錄影機，女主人最好是常常加班的職業婦女，她可以做「女傭少奶奶」，而且一個不如意拎了小包包就拂袖而去。

現在的「菲僕」更難伺候：工作要輕鬆，要有隱私權，不能干涉她的行動，週末星期天要休假。有經驗的朋友說，請外勞菲傭要先立規矩，否則她們花樣多得讓你時常頭痛，對孩子不友善、手腳不乾淨和怠工。

對臺灣的主婦來說，現在是勞工至上時代。家庭主婦因「忠僕」難求，養尊處優的少奶奶日子已過去。做爲一個現代主婦，不僅要內外兼顧有術，還要十八般武藝皆精：在辦公室是外表光鮮的職員主管，回家是灶下婢，星期天是全天候母親保母。居家過日子要會修保險絲、水龍頭、家電故障、通下水道。因爲小錢工人不肯賺了，現代主婦眞難做。

但以我用傭多年的經驗，十步之內必有芳草。人無十全十美的，雇主不要過份苛求，以包容的心對待傭人，以誠心、愛心和傭人相處，定會主僕雙方愉快，說不定會成爲好朋友呢！

《今天別刊》

屋緣

丈夫一生雖然沒有大貴過，但從出學校門進公家機關工作，總有個芝蔴小主管當，照規定有「官舍」。

初到臺灣派往南投縣的水里工作。水里是深山小鎮，民風安土重遷，機關的員工多是當地人，而且有三朝元老級和子承父職的，當年日據時代工作安定，家家有宿舍可住。光復後改朝換代，我們這些新派來工作的「外省人」主管反倒沒有官舍住。雖然有明文規定離職死亡員工得遷離，但員工賴著不搬。那年頭不流行強制實行，總不能查封扔行李捲吧？但外省人渡海來臺貧無立錐之地，也不能餐風宿露。窮則變，那時機關有座空倉庫，公家花了一筆錢改修成三棟官舍，我和外子才有了棲身的殼。

此殼雖然簡陋得四壁蕭條，但屋外環境絕佳。屋後倚山、屋前臨濁水溪，倚閭四眺青山綠水，饒有鄉居情趣。在穿過漫天烽火渡海來臺，能有一枝棲，已經是心滿意足無所求了。

一年後丈夫調職嘉義，「官舍」是很氣派的日式住宅，是日據時代，前任的副場長官舍。

這棟官舍不但外表氣派，而且佔地上百坪，房間大小有九間，前院有水池假山，後院有龍眼、木瓜、芭樂、香蕉等果木。後院正中一棵老榕樹，濃蔭匝地，屋老樹高有陰森氣息是美中之瑕。那時丈夫經常出差阿里山上，偌大的「官舍」只有我和小下女留守。有次午夜夢迴發現小下女竟然偸偸開了後門去會情郎，我獨守廣廈，風搖樹影婆娑，靜夜落葉有聲，那一夜我彷彿置身鬼影幢幢的古堡裡。加上官舍大，整理累人，後來換了一棟較小的，雖然也有花木扶疏庭園之美，果木不缺，但論氣派減了許多。如果換到現在我絕不會換，官場講究的是房子越住越大，車子越坐越小嘛！

丈夫調職臺北，臺北是大都市，機關林立，當局先聲明暫無官舍可住。我們只好每月領租不到半間房子的房屋津貼，自己掏腰包租屋而住，那段日子初嘗付房租家庭捉襟見肘的苦日子。

所幸不久公家代租「官舍」，官舍是瑠公水利會的財產，前後鄰居都是同仁。左鄰就是單身宿舍，上下班交通車就停在門口，方便極了。房子因爲是公家財產，每年預算有一筆修繕費，每年過年除舊布新時，不請服務就來，粉刷油漆。我因辦公室請假不易，不能坐鎭家裡守候，自動請免「修繕」，經辦工人說：「太太，你一家不修，驗收不通過，我們怎麼報銷領錢呢？」好漢不擋人財路，我只好請他們「偷工減料」快完工，現在要請公家爲你修官舍，沒經費嘍！

美中不足的是這棟官舍地臨瑠公圳圳道不遠，颱風一來就淹水，因爲四周是一望無際的稻田，有一次發大水，站在二樓上只見「復旦橋」只露出頂端。這棟二樓官舍現在已不見，原址蓋了個「太平洋百貨公司」。

丈夫調職臺東時，是當地的機關首長行列中，名正言順有「官舍」的。當年的臺東是大家眼中落後的地區，歷任處長都不戀棧，如果他調立刻攜眷離任。而我這個處長夫人因臺北有職業，孩子讀書，不能與夫赴任，偌大的官舍就成了丈夫的單身宿舍。

單身男人不擅理家，每有連續假期我去探夫，官舍院內有工友打掃整理還算整潔，但住室內眞是一個「亂」字了得，每次去都大掃除一番。其實這個「官舍」是棟花木扶疏、樹蔭匝地，有庭園之美的日式住宅。酷夏季節夜晚打開落地窗，躺在榻榻米上有簟枕生涼的夜風滿室，晨起檳榔花香盈枕。如果不是爲生計身不由己，眞想終老是屋，把它做爲終生的殼。

我常稱我現在住的「官舍」是都市「陋屋」，既無電梯，內部也沒有現代的裝潢，搬來時自己做壁櫥酒櫃書櫃。可喜的是獨立門戶的二樓，後面的院子可以種花植樹，而敞亮通風。來過的朋友都慫恿我請人裝潢以增加氣派，我輩非特任官，無權請公家修繕房子。我鄉有諺「鐵打的衙門流水的官」、「官不修衙門客不修店」，住公家房子都是房中「過客」，修得再華麗，最後仍是「老媽子抱孩兒，別人的」。有不用爲地價稅、房稅傷腦筋的房子住於願足矣！

《今天別刊》

樊籠裡的畫眉

財富可以滿足物質的欲望，但卻買不回天倫之樂。當我看著更加蒼老的大弟，消瘦了的雙頰，不知如何來疼惜他。

大弟住在北京已近三十多年，讀書、娶妻、生子，由年輕到退休，已由祖籍東北落戶北京。

第一次回北京探親，首先看到的第一個親人就是大弟。

那天在北京的首都機場，我推著行李車，張望著被玻璃窗隔著接機的人群，是親情的感應？一眼就認出人群中那個向裡張望的中年漢子，就是大弟。

我們見面時，他笑瞇瞇的問：「是二姐吧？」我問：「是大弟嗎？」就像從沒分別過的平淡。

只是我忍不住汪在眼眶裡的淚水，他那含笑的眼神中有淚光，我的淚是因爲他在我眼中，突然由俊秀的少年，變成蒼老的中年，少小離鄉老大回，那份心酸使淚水直在眼中打滾。

那年他還未退休，是個充滿活力，身體健壯的航空工程師，儘管受過迫害，長時期的貧窮煎熬，但他依然樂觀進取。在北京二十多天和父母弟妹們相聚，大家聊往事，訴悲苦，他總是充滿信心的說：「都熬過來了，將來的日子會好起來。」

他住在北京時是個幸福快樂的人。弟妹輔仁大學畢業，在一個研究單位做事，一兒一女，兒子清華機電系畢業後，被派往深圳一個電子工廠做廠長，女兒讀護專，是個漂亮的小姑娘，惟一的缺憾就是窮了些。

其實大陸開放探親前，那個封閉的社會，竹幕深垂的國家，是以窮聞名的。既然大家都窮，就苦中作樂，隨遇而安吧，所以他的日子過得快樂。

每天他騎著自行車上班下班，辦事購物買菜，日子就如北京城裡如潮水的自行車陣，悠悠的流著。

我回去時他接送，安排住宿，向服務單位調車子，陪著參觀遊玩，頤和園、天壇、北海，郊區的北大、清華，探十三陵、登長城、臨盧溝橋，興致勃勃，從無倦容。

有一次在參觀了地宮後，我們坐在樹下的石凳上休息，他夾著香菸吸著，那側影像極了早年的父親神態。我癡癡的望著他，想起他小時的頑皮：踢足球傷了足踝，拄著拐杖上學。爬樹跌下來，碎了肩骨，在昆明的惠滇醫院躺了一個月。溜冰、打籃球是校隊，是飆自行車的高手。那個昔日狂驁的少年，就是眼前這個飽經憂患，沉穩的中年人嗎？如果他到了臺灣，這個讓青年有自由發展空間的地方，他又是怎樣的一個人呢？

去年他退休，兒子女兒都在深圳，爲遣膝下空虛的寂寞，弟妹提前退休，兩人也到深圳定居。

其實他們離開北京的老窠，主要的原因是受了大陸「一切向錢看」潮流的誘惑。深圳，被中共劃爲沿海特區，專搞經濟發展，去年七月間我由香港入深圳去探望大弟，發現這個地方繁榮快速。據大弟告訴我，當初這兒是一片瀕海三不管的荒地，而今高樓大廈林立。街上最醒目的市招是卡拉OK，夜晚燈光最亮的是大酒店、豪華大旅館，高檔商店五步一家，十步一間，滿櫥窗的名牌服飾。那天中午大弟和外甥一家請我和丈夫在一家觀光飯店吃海鮮，每吃一道菜，穿著長旗袍的服務小姐就來換一次碟子，餐廳有舞臺，臺上有歌星高歌助興。外甥手拿大哥大，聽大哥大的時間比動筷子的時間多，吃完是「簽帳」！中共曾喊口號：「經濟學臺灣」，大陸同胞學得很徹底——青出於藍！

外甥買了一棟房子，把父母妹妹接來同住。房子的品質當然和大弟北京的房子有天壤之別，享受的層次也提高了。大電視、名貴音響、空調、皮沙發、藝術燈。但他和弟妹卻精神萎頓，人消瘦，他們抱怨深圳太熱，水土不服，語言不通（深圳講廣東話），沒有朋友。而深圳那種暴發戶的繁榮和冷漠的人情，讓他們更加懷念北京里弄間的悠閒和溫馨。大弟環顧他那華麗的客廳說：「小力和他太太把小孫女托給我們，一星期只回來兩次看看。每次來都蜻蜓點水式，話也講不上幾句。我倆成了豪華樊籠裡失聲的畫眉，只落得大眼瞪小眼挨日子。」

眼前是位落寞的小老頭，昔日充滿活力自信的大弟那兒去了？我眞想擁抱安慰他，如果他還是小時候……。

《今天別刊》

髮　情

窗外有鳥聲啁啾，有暗香浮動的青草味飄進來，清晨的陽光使樹影兒也婆娑，北京暮春的清晨涼爽又幽靜。

每次回北京，吃過早餐，我們母女便在窗前對坐談「別後」的種種。和母親分別後，她的往事對我是一本「天方夜譚」，讓我的心弦時時震動。

「二丫頭，我沒有什麼好東西留給你，這束頭髮你拿著，回臺灣做頂假髮戴也挺好的，不喜歡就扔掉。」那次談話告一段落，母親起身顫抖抖的摸到她的床頭櫃前，在裡面掏呀掏出一隻鞋盒，打開蓋子指著盒裡那束頭髮對我說。

那一霎間我有些意外，更多的是驚奇。盒裡那束似曾相識的頭髮，依然烏黑有著光澤。這束頭髮離開主人少說也有七十年了，依然被珍藏著。

乍看到這束頭髮我有些戰慄，但我還是拎起來端詳著，沒有髮香，一股樟腦味很嗆鼻。

頭髮是母親的，不見它已有四十多年。當年我在家時，每年夏天都看到母親選擇一個天晴氣爽的日子，把它「亮」出來透透氣。晾曬它時，母親總是如撫摸她的愛兒般，一遍遍摸順它，看它的眼神有不易覺察的夢幻般的笑意。

當初是由於「身體髮膚受之於父母不敢損傷」的孝；還是因它柔軟如緞，漆黑如墨，閃著光澤的美；抑是惋惜心痛多年才留得如此長的頭髮，而把它珍藏起來，我不知道。但她一直深深的愛惜著它。在晾曬它時，也常講關於這束頭髮的故事。

「那年你們爹大學畢業，在瀋陽找了房子，還雇了個老媽子，說城裡比不得鄉下，平常是需要交際交際什麼的，說我不能像小家子媳婦那樣躲在廚房，要學著點應對進退……。」母親站在陽光下，淡淡的數說著如雲煙的往事。

父親和母親的婚姻是媒妁撮合的，被親友視爲郎才女貌的一對。但男女相悅容易，相知卻不易，父親和母親的感情一直很平淡。父親常掛在嘴邊批評母親的話是「睜眼瞎子」、「什麼都不懂」。

父親不是不知道家裡傳統的規定，娶媳婦要「女子無才便是德」。母親年剛及笄時和父親聘定後，便和書本絕緣。但父親讀大學時接觸很多新時代的女性，漸漸不滿母親大門不出二門不邁的老式賢妻良母作風，除了家務事，對外面的世界一切茫然。

父親也不滿母親的打扮：

「你們爹還讓我把頭髮剪了，那時城裡女子時興短髮，鄉下女人才梳髻。人哪，要變眞摸不清，剛結婚時，你們爹還直誇我的頭髮又黑又亮，髮髻兒又圓。剪的時候我眞捨不得，頭髮剪短一剪子就短了，留長很慢，要幾年哪！剪後我心裡還有些不安，結髮、結髮、結髮夫妻才會白頭偕老，怎麼無緣無故剪去了頭髮？你們爹卻說我無知迷信。」

這個頭髮的故事，母親講了不知多少遍都不厭，我和姐姐也聽不厭。尤其當我長成大姑娘時，情竇初開，嚮往好奇愛情的事，對母親爲了順從父親而剪了頭髮，又擔憂怕不能和父親白首偕老的想法，是對父親深情的依戀，而滋生了很多美麗的愛情幻想。

母親爲依順父親剪短了頭髮，並沒有挽留住父親的心，彷彿母親的迷信倒有幾分應驗。搬到瀋陽後，我發現父親經常晚上遲歸。當午夜夢迴，常見母親獨坐孤燈下做針線活兒等門。

其實剛搬到瀋陽時，父親和母親有一段幸福的日子。父親帶母親到瀋陽最大的綢緞莊「宏順絲房」置新裝，到百貨公司買化妝品。每次母親跟父親出門做客時，穿著高領開長叉的長旗袍，縷空花的高跟鞋，頭髮也燙成鬈鬈的。我家有張老照片是父親和母親合照的，照片中的母親活脫的是電影明星胡蝶的翻版。那時美中不足的是每次兩人出門回來，父親總臭著一張臉，母親眼淚汪汪一臉的無辜。祖母問起，父親氣呼呼的說母親小家氣，又像沒嘴葫蘆，帶她出去像啞巴，不知應對。父親漸漸就單獨行動，母親也樂得輕鬆。

父親遲歸的次數越來越多，有天半夜我被爭吵聲驚醒，只聽父親吼著：

「你少管我，管好家和孩子就成了，少不了你吃穿，我不過逢場做戲，散散心，能當眞嗎？再說現代時代開明，在外面做事，誰沒個異性朋友，有什麼好哭的！」

讓母親和父親勃谿的這個「異」性朋友，有一次竟然到我家來做客。至今我想不通父親讓她來是表示「此地無銀三百兩」讓母親放心呢？還是這個女的自己要來「探探底」另有所圖。

母親一貫的溫順不多言，中午留她吃飯。我家三餐一向是母親主廚，老媽子是下手，母親躲進廚房煎炒，留下祖母、父親和客人閒話。我們小孩子很是興奮，尤其我和姐姐沒見過如此的時髦人物，如躲貓貓般在她身邊神出鬼沒，看她亮晶晶的耳環，有花紋的玻璃絲襪，塗了蔻丹的指甲，當然也注意她和父親的一舉一動。

現在回憶他們倆的神態就是「眉目傳情」吧？她那笑起來彎彎的眼睛，老是繞著父親打轉，還有一些親密的小動作。父親領她到母親很少去的書房，看父親的字畫，收集的小玩意兒，兩人有說有笑。我們也發現她有母親沒有的體貼；爲父親倒茶點菸，我們從未見過父親如此的神采飛揚過。

這個女人讓我和姐姐驚奇的還有銀鈴般大方的笑聲，和我們姊妹自來熟的親切，和對人的周到。吃飯時她反客爲主，頻頻布菜給祖母。稱母親爲大姐，讚美母親的好廚藝，臨走還給陳媽賞錢。

她走後，我們小孩子忙著拆她帶來的禮物，祖母批評她：「臉抹得像猴子屁股，一看就知道不是正經女人。」陳媽喜孜孜的說她出手大方。那天我才知她是一個戲班子裡的角兒——唱青衣的，父親雅好皮簧，就因此認識了。直到我家搬離瀋陽，她才從父親的生活中消失。但她沒有從母親的記憶中消失。

有人戲說婚姻的三境界：「相敬如賓、相敬如兵、相敬如冰。」我回去看到兩老雖然相依爲命，卻各過各的，我覺察出他倆活得很寂寞。一次和大弟閒談，大弟說父親的脾氣好多了，倒是母親越來越壞，總喜歡找碴和父親吵架。母親一直忘不了那個「戲子」，翻陳年老帳，數落父親當年對她無情無義，沒有結髮情。

但我奇怪，何以這束頭髮她珍藏這麼久？是難忘少年時光吧？的確，現在的母親已是雞皮鶴髮的老嫗，昔日柔嫩如象牙般的皮膚已消失，全是皺紋和老人斑。如黑緞的頭髮變成稀疏乾枯似蓬草。思維時而清醒時而糊塗，讓錯亂的時空記憶在腦中顛三倒四。整日癱坐在床上，咀嚼著過去的甜酸苦辣。她已是九十出頭的高齡，惟有這束頭髮留著她的青春，和年輕時的往事，還有得過父親的讚美。

人過哀樂中年，看遍世間百般婚姻。貌合神離一輩子，平淡過一生、不甘認命中道仳離、相知相惜白首偕老。但相知相惜的婚姻可遇不可求，不是美貌、奉獻、犧牲而贏得。而是在「心有靈犀一點通」的相知，但父親和母親的內心卻是兩個世界。

這次回去，到父母墓前拜祭。墓修得很體面，兩個並排的槨墓，陵前還有個大門洞，有兩盞水泥燈。

「二姐，你看，前面有水，後面有山，背山面水，好風水呢。」大弟說。

我轉身看背後連綿的山，極目遠眺前方如帶的河溪，四野寂寂，天地遼闊，大弟的話隨山風逝去，我心中只是默禱：「媽媽，不要和爹爹冷戰了，否則在這深山的世界裡，你們不是更寂寞了嗎？」

八十三年八月三日《青年日報》

常存寬恕心

我不喜歡沒有個性的人。沒有個性的人通常是隨和、好脾氣，但同時也讓人感到是懦弱、沒有主見的人。我的丈夫就是這種人。

初認識他交往的日子，只覺得他好脾氣、體貼，對別人一切從不苛求。記得初婚時，我是學生妻子。由於學校在瀋陽郊區北陵，走讀不便，乃做住校生。他依然過著單身漢的生活，每個週末從城裡巴巴兒的跑來學校接我，我卻十有九次把他冷落在會客室裡，自己和同學們磨菇，他卻從無慍色。

由於做小姐時遠庖廚，拙於廚事，只會做一種最簡單的麵食——麵疙瘩湯。只要我下廚，頓頓是疙瘩湯。

很多年後，當我們閒聊初婚往事，我問他，爲什麼天天吃疙瘩湯都沒有異議？他嘆口氣說：「有什麼辦法，你什麼都不會做嘛。誰讓你湯是湯，菜是菜端出來，不是強人所難嗎？

吃飽就好啦。」我再問，那時，枯坐在會客室，一坐兩三小時，會不會火大？他卻仍體貼的說：「女孩子嘛，都是話多，我不願掃妳們的興啦。」

我們平時聊天，範圍都是日常生活中的瑣碎，親朋好友們的情況，兒女的種種。有時我有不如意時，對他發發牢騷，希望博得認同和同情，以平撫情緒。他卻總是雲淡風清，說些沒有共鳴的話，無趣又煞風景。

前不久參加他的一個學生的婚禮。這個學生也曾是他的屬下，而在這件婚事中，他還是半個媒人。但從進禮堂就被塞到一個角落裡，成了冷廟裡的和尚。我們除了和熟同事聊天，直到新郎新娘來敬酒，新郎才發現，叫了聲：「老師，謝謝！」。

回來坐在計程車裡，我把感到「世態炎涼」的感慨說出來，對新郎有微詞。他卻瀟灑的說：「做新郎都會忙暈頭的，不能怪他。而且婚禮都是由親人好友代辦，難免有疏忽不周、失禮之處，不能怪他。我已退休了，讓他多一分精力去應付更重要的人物吧！」

聽了這席話，在透過車窗的昏暗街燈的光圈下，我看了他好一陣子，我忽然「才」明白，這個同床共枕了半輩子，朝夕與共的人，爲何每天都快快樂樂的，隨心所欲的過退休生活，原來他的內心是一片無垠的「寬恕」的草原。

他寬恕一切的拂逆、失意，人情的冷暖，子女的不周，朋友的冷落，老妻的笨拙、嘮叨。「退一步海闊天空」，他以寬恕的愛，來看紅塵中的事事物物，所以他快樂。而我這個處處看他不順眼的老妻，似乎越來越被他同化了。

是的，以寬大包容的心，面對人間諸般煩惱和拂逆，煩惱和拂逆消失。心無煩惱，自得其樂由此而生。

八十年《臺灣日報》

萍蹤憶往——

在追尋舊夢時光裡，
我更懂得珍惜現在。

——摘自〈深情回眸〉

小城故事

火車搖搖晃晃的緩緩駛進車站，車上的客人開始行動。下車的人忙著拿東西，不下車的人也張開惺忪睡眼，探首車窗外張望。

我和丈夫早上八點鐘由基隆出發，坐了一天的木板座椅，腿部有些木木的，遲遲的站不起來。

「到了。嘉義到了，我們要下車啦！」丈夫邊拿行李，邊催促我。

走出車站，看看腕錶，十二時二十分。

車站附近四周一片漆黑，杳無人影。午夜的嘉義，讓人感到荒涼。

忽然耳畔隱隱有鍋鏟聲，陣陣油香撲鼻。我看到車站對面有一排木屋，亮著昏黃的燈光，鍋鏟聲，油香飄傳其中。

「呀，是飯館哪！」我感到自己的飢腸開始轆轆。

「吃完飯再找旅館吧。」丈夫說。

我們走進一家「圓環小吃」店。一個老頭兒笑著迎上來說：

「來坐。呷蝦米？」

我與丈夫一楞，瞠目不知所對。老頭兒找了一個年輕人來，懂國語的，我們要了兩盤蛋炒飯。

吃完飯，走出飯館，看到對面車站門口停著幾輛三輪車。丈夫招招手，一個車伕拉著車跑過來。

「兩位上哪哈？」一口的山東腔。

由基隆港下船到現在，耳畔都是聽不懂的「本地話」。現在乍聽山東腔的國語，好親切，猶如他鄉遇故舊。丈夫告訴他，我們初到嘉義，要找個旅館住一宿。

山東老鄉很熱心，載著我倆走大街穿小巷，一路殷殷相問。

我們告訴他，家鄉瀋陽被圍，全國狼煙處處，內戰烽火連天，只有剛重投祖國懷抱的這個海島，未被戰火波及。良禽擇木而棲，爲避戰禍，我們投奔已先來嘉義的父執。父執也爲我們安排了工作，工作地點是嘉義或阿里山林場。今天到得太晚，半夜不好意思驚動長輩，準備住一宿旅館。

不大一會，山東老鄉在一家旅館前停下，是一座二層樓的木板房子。昏暗的門燈照著大門一邊掛著的店名，一塊已朽污的木板，上面是「安樂旅社」四個墨跡已模糊的毛筆字。女侍「歐巴桑」，手持電筒領我們登上二樓。胖胖的歐巴桑，穿著高腳木屐，咯達咯達在前面帶路。每走一步，樓梯就吱呀響一聲。到了樓上，不知是木屋老朽，還是歐巴桑太重，地板竟隨著歐巴桑走動而搖晃，好擔心住進了危樓。

第二天，我推窗外望，驚訝的喊丈夫：「快來看，火車站就在對面呀！」我倆站在窗前研究，出了樓下那條巷口，橫過馬路，就是火車站，昨晚山東老鄉竟然拉著我們走了好幾條街。

「大概因爲遠近車價一樣，他不好意思，就拉我們多走些路兜兜風吧？」丈夫微笑著說。

阿里山林場在日據時代是生產機關，待遇不錯，宿舍是清一色的日式房子。臺灣光復後日人撤退回國，高級職員的宿舍，由同等級職位的人接住。我們配到佔地百餘坪，有前後院的一棟日式房子。

我的鄰居大多數是本地人。來臺灣之前，曾聽說臺灣有二二八事變，一些由臺灣回去的朋友警告我們說，當地人很野蠻，有些仇視外省人的流氓，看到外省人就搶就殺，要小心。

但住下來，卻被異鄉濃郁的人情味緊緊包圍。他們把我倆當做貴客看待，時時伸出相助的友情之手。言語不通，不厭煩的以手比行動代替語言。日常生活有困難，熱心的代爲解決。由於我在待產期間，行動不便，請了位小女傭代勞家務。小女傭的母親更是位菩薩心腸的婦人，每天都抽空來探視，時時叮嚀她女兒：

「太太大巴肚，莫堂叫伊做工作。」「買菜時，要問太太先生愛呷蝦米。」小女傭比我小四歲，卻像個小姐姐般照護我。

生產那天，丈夫出差阿里山，鄰居歐巴桑騎了單車找來助產士。小女傭的媽媽自動來幫忙招呼，有的鄰居送來燉好的蔴油酒雞，有的鄰居送來熱氣騰騰的豬肝湯，我彷彿是她們的女兒媳婦，家有喜事，忙得歡天喜地。

但午夜夢迴，總有此身如寄的羈旅感，時時有賦歸的打算。卻在此時，看到報載：「北平於昨日易手，傅作義獻城做階下囚。」年底傳出共黨在北平成立「中華人民共和國」的消息，家鄉和臺灣音訊不通，我們和家人失去了聯絡，接著國民政府宣告遷都臺北。

一條海峽，隔阻了烽火戰亂。廣袤的國土淪入不知命運的鐵幕，更加珍惜這塊彈丸小島，且在此養晦待時。政府積極展開建設工作，呼籲國人以克難精神，面對國家在戰亂後百廢待舉的困境，大家以披荊斬棘的毅力迎接貧蹇的日子。

在戰亂時公務員的生活本來就在寅吃卯糧的惡性循環中浮沉，而今仍在捉襟見肘的困境中。所幸政府實施實物配給制度，按人口配給主食的米、油、食鹽，和燃料的貸金，這些配給綽綽有餘。但菲薄的薪金每到月底就青黃不接，要向主計室借支了。

既無流可節，只有開源，主婦們紛紛開闢「副業」。有一技之長的，在居處門楣掛上「家庭洋裁」、「手織毛衣」的招牌。我因擁有一片寬敞的後院，物盡其用，把它闢爲菜園，由一個不識莊稼的都市女子變成老農。辛勤的播種、澆水、施肥，和小女傭共同耕耘出青蔬照眼綠的菜圃。這些青蔬除了是餐桌上的佳餚，還是睦鄰的使者，贈送鄰居街坊。另外在院中一角又圈了個雞欄，小雞長大變母雞，母雞生蛋孵小雞，生生不息。蛋是全家主要的營養食品，肉是逢年過節打牙祭的美味。

貧窮使人勤快，困境教人聰明，看鄰居的巧婦以「家庭洋裁」爲副業，見賢思齊，在她家學會踩縫紉機，也買一臺回來，無師自通學會「洋裁」，又省下了治裝費。

丈夫綜管修護阿里山登山鐵路，經常山上山下奔波，又因阿里山爲聞名世界的風景名勝區，每到賞櫻季節，更是席不暇暖。有一次蔣總統和夫人到山上避壽，在嘉義轉車上山。登山鐵路起點在嘉義北門街，由嘉義火車站到北門車站有段不短的路程，全城民衆聽說總統與夫人來嘉義，這條路擠滿人，大家夾道歡迎，爭睹風采。總統與夫人特別下車步行穿過人叢。我抱著孩子也擠在人群裡，看到總統一路點首爲禮，嚴肅的威儀透著慈祥；夫人也面露微笑，頻頻搖手示意，風度高貴。那一瞬間，我竟然百感交集，熱淚盈眶。

丈夫當日陪隨上山，帶兩位工程人員，坐著很具危險性的登山小臺車，在專車前開路。臺車上的工程人員隨時檢查路線，以策安全。丈夫告訴我說覺得很高興，認爲自己有機會擔任保護總統及夫人安全的任務，是件光榮的工作。事後蒙總統召見，並嘉許。

小城的日子很平靜，生活上一切因陋就簡，卻甘之如飴，物質上的貧困沒有怨言。家居之暇租本小說看，偶而看場電影。國家大事，世局情況，都由報章，或收音機中得知，如「美國第七艦隊協防臺灣」、「麥克阿瑟元帥訪臺」、「韓戰結束」、「一萬四千反共義士抵臺」、「石門水庫動工」、「興建橫貫公路」、「八二三炮戰」等這些消息，僅當新聞聽，只因我們如一群躲在翼護下的雞雛，遠離隼鷹利爪。我和丈夫也渾然忘卻了「身在異鄉爲異客」。

八十年八月十八日《臺灣新生報》

小鎮上的寂寞年

春節，在家鄉稱爲「年」。「過年」在東北農業社會時是大節日。春聯寫「一年復始萬象更新」、「送舊迎新」。「年」意味著過去的一年將盡，新的一年將開始。大家企望來年的日子更好，相信好的開始，是一年好運的預兆。過年時都刻意的準備策劃：殺年豬、宰年雞、貼春聯、辦年貨。民間上演秧歌、耍獅子、舞龍燈，把一個年點綴得多彩多姿、熱熱鬧鬧。

那時「年」很被重視，爲求好預兆，有很多講究和忌諱。譬如三十晚上接財神的餃子不能以菜爲餡，要包全肉餡，包紅棗，包銅錢。誰要撈到包銅錢的餃子，來年必定是大發。所以三十晚上的餃子稱「如意果兒」、「元寶」。誰不小心打碎了碗盤，要念念有詞的說：「歲歲平安」。遠遊在外的家人都得在除夕前趕回來，吃三十晚上的團圓飯。

老家熱鬧溫馨的年，只過了五個，我跟隨父母離開家鄉。戰亂的隔阻，路途遙遠，故鄉又淪為異族統治區，有家歸不得，每年只有在異鄉過年了。

在異鄉有父母的庇護，即使在物質艱困中，在倉皇逃難中，在炮聲隆隆的危城裡，過著有不同年景的年，但永不變的是溫馨的團圓年。現在回憶起來，在戰亂烽火連天的動盪歲月，意外的災難和隔阻，使得很多親人不能相聚，過年時幾家歡樂幾家愁難以避免。而我們家卻年年都能家人共聚一起過團圓年，是多麼的值得珍惜。也許是這個原因吧？在那種歲月裡，過年沒有新衣新鞋穿，我們兄妹不覺得寒傖。除夕的年夜飯沒有豐腴的魚肉，全家依然覺得美味可口。危城中聽不到喧天鑼聲，盈耳鞭炮聲，有家人同在，不覺得恐懼淒涼。

但在臺灣，我卻過了一個生平最難忘的年。

三十七年，新年剛過，我在被戰火包圍，炮火隆隆聲的瀋陽做了新嫁娘。那陣子瀋陽附近正進行著拉鋸戰。敵勝，人心惶惶，大家都準備逃難。我勝，又都按兵不動，「胡馬依北風，越鳥朝南枝」，人人都不願意離開家鄉故土生長地，而我家由雲南千里迢迢回故鄉還不滿兩年。

是年七月，我才結婚五個月，瀋陽棄守。我和丈夫倉促離瀋，經上海到臺灣，從此遠離了家鄉親人。

在臺灣我倆都無親朋故舊，人地生疏，言語不通，風俗習慣不同。丈夫的工作地點又在山窩裡的窮鄉僻壤——南投縣水里鄉。在那個小鎮我過著自我封閉的日子，思鄉想家之苦日夜啃嚙著我寂寞的心。

幸好，小鎮人情味濃。他們以陌生好奇的眼光看我們，也以寬容友善的心接納我們。以無聲的比手畫腳語言表達愛心，以和藹的眼神表示關心，啓開我的心扉。漸漸我能和鄰居溝通，也愛上了這個小鎮。我婚後的第一個年就是在小鎮上過的。

小鎮的居民多是農家，一切自給自足，保有中國農家傳統淳樸的民風。平時省吃儉用，過年殺豬宰雞的忙年、辦年貨，就如我的家鄉一樣。我隨著湊熱鬧，高高興興的打點自己當家做主的第一個年。

除夕那天年夜飯的菜單是紅燒黃魚，「年年有餘」。包餃子，餃子是接財神少不了的吉祥果兒、元寶。酸菜蝦米炒粉絲，「酸菜粉」是東北的名菜，丈夫最喜愛的家鄉菜。

我做小姐時遠庖廚，婚後是住校的學生。剛來臺灣時服務的機關待遇不錯，有公家房子住，主管還派給一個下女——女傭。婚後我多半過著不問廚事的主婦生活。春節下女放假回家過年，自己下廚做羹湯，我興致勃勃的準備大顯身手，做一頓可口豐美的年夜飯。

丈夫中午由辦公室回來，看到一桌子的年菜材料，以懷疑的口吻問：「你行嗎？」「行！你等著吧，我會讓你吃得忘了自己的姓。」我信心十足的說著俏皮話。

那時賣魚的不幫顧客殺魚，我磨拳擦掌對付那條大黃魚。只以爲宰條魚不過是廚房的雕蟲小技，誰知自己操刀就傻了眼，費了牛勁才把魚處理乾淨。臨煎魚前想起母親的廚房經：「急火魚，慢火肉」煎魚要大火。我倒了半鍋油，油沸滾時放下大黃魚，大黃魚在鍋裡載浮載沉的冒著油花。我手忙腳亂的準備作料時，只不過一轉眼的工夫，大黃魚變成魚骨架子了。把鍋子搬離火爐仔細看，魚肉沉鍋底，魚骨如標本般浮在油上，油放得太多了。

最掃興的是，餃子餡拌好，麵揉妥當，才發現沒有「擀麵杖」。沒有擀餃子皮的傢伙，又沒有賣餃子皮的，更找不到賣擀麵杖的，這頓餃子也包不成了。所以二十年後大兒出國讀書，我在他行囊裡塞了一根擀麵杖。讓他在異國解思鄉味之苦，也讓他不忘故國情。那時沒想到現在「餃子」在臺灣成了大眾化的食品，還飄洋過海到了異國，紐約、洛杉磯、舊金山的中國城都有餃子館。

另一道酸菜粉端上桌，丈夫舉箸嘗第一口就皺眉說：「奇怪，這個酸菜粉臭臭的，有怪味。」原來毛病出在酸菜上，製法不同味道有異，叫我如何做出家鄉味來？

那頓年夜飯的菜是沒骨黃魚、炒餃子餡、怪味酸菜粉，兩人舉箸難下嚥，相對無語。「每逢佳節倍思親」每讀這詩句時，總捉摸不透「倍思親」的滋味。那一刻，我眞眞實實的嘗到「思親」的刻骨銘心滋味了。

除夕夜小鎮家家戶戶關起門來團聚守歲，我倆難耐一屋的空寂，披衣相攜出門散散心，在鎮上惟一的一條街上只有我倆踽踽而行。南國的冬沒有霜雪溫暖如早春，湛藍的天空上繁星閃爍，附近傳來斷續的鞭炮聲，遠處的山頭上巨觀發電所水聲嘩嘩，傾向濁水溪。站在橋上觀繁星、聽水聲，原是一個很詩意的南國除夕。但境隨心轉，我這異鄉的異鄉人聽那水聲，似乎告訴我，似水流年，一年過去了！我在心底頻頻自問：「家鄉如昔否？親人無恙否？」

一彈指，四十多年過去了，異鄉成了故鄉。我由拙婦熬成家庭巧婦，每年都盡心打點一個熱熱鬧鬧的「年節」。但我的孩子們不屑在家吃年夜飯了，他們開了車到飯店過狂歡的年，到風景區過詩意的年，有時還計畫出國過觀光的年，我們的社會越富裕，家庭裡的年味卻越淡了。

八十一年二月一日《中央日報》

那段美好的歲月

最近常常回憶剛來臺灣時的那段歲月。

在我的記憶深處，它是永難忘懷的美好歲月。

在未來臺灣前，我對臺灣知道得不多，只能從小學的地理課本上讀到中國有這麼一個地方，是孤懸在太平洋裡，與中國大陸有海相隔的海島。而且在中日戰爭時就割讓給日本了。那時在我小小的心靈裡，這塊名叫「臺灣」，孤懸在海中的島，是遙不可及的。

然而，人間世事難以逆料。在我成年後卻在此地成家就業生子。自青年邁入老年，大半輩子都在這個地方度過。

我是東北人，生逢亂世，稚齡時就跟隨父母逃亡到關內。抗戰軍興，隨著戰局轉徙大江南北。由北方到西北、東南，最後遠到西南雲南緬甸邊界。勝利後回家鄉瀋陽，我已由垂髫的小女孩成長爲少女。

回到瀋陽是三十六年，我考進瀋陽國立東北大學，主修俄文。我們這一班在中蘇友好條約下規定，畢業後將送往莫斯科，做爲雙方的交換留學生，前途一片美景。

少年不識愁滋味，我和同學們都沉醉在新鮮人美好的日子裡，渾然不覺東北時局詭譎，戰火已在各地點燃。直到瀋陽城內遙聞炮聲，始知戰爭已近在咫尺。我奉父命與剛訂婚的未婚夫匆匆結婚。婚禮完畢，父親由禮堂直奔瀋陽渾河機場，搭機飛北平，轉山海關，赴山海關橋樑廠任新職。因爲他原任職中長鐵路，但中長鐵路沿線重要地方均失守，業務已停頓。外子任職的東北水利總局也做遷避關內打算，我的學校也停課，在風聲鶴唳中，我只好先搭機飛錦州，再乘火車回山海關娘家。不久外子也到榆關相會。轉瞬間東北關入鐵幕，音訊不通了。

關內各地的時局也動盪不安，戰火處處。勝利後收復的臺灣此時在大家心目中已成了「世外桃源」，亂世中最安全的地方，有辦法到臺灣來的都讓人羨煞！恰巧有位父執輩在臺灣省林務局任高職，父親飛函托女，我與外子立刻摒擋來臺。原預定父親也將到臺灣鐵路局任職，誰知北平易手旦夕間，大陸淪陷，我們和家人彷彿幽明相隔，生死兩茫茫近四十年。

我們是民國三十七年中秋節前夕到臺灣，在基隆港下船當天就遇到本省俗稱的「九月颱」，風勢強烈得把基隆市區吹得樹倒屋塌，我們搭乘的船還差點沉沒。從未見過颱風的我，嚇得心驚膽戰。後來聽旅社的人說，颱風每年夏天都會來好幾次，我不由得發愁：天災難防，這個天災頻仍的地方，怎麼能長住呢？

但住下來後，深深的覺得臺灣眞是個好地方。冬季溫暖如春，一年四季草常綠樹常青，風光明媚。尤其民風淳樸，民性善良可親。但讓我深深愛上這個地方的是：當地的同胞對我們這些外省人愛護有加，把人性的愛發揮得淋漓盡致。

林務局是屬於臺灣林業部門，外子報到後先被派往巒大山林場，場址在埔里深山，一個名叫「水裡坑」的小鎮上，後來被派往嘉義的阿里山林場。阿里山有條登山鐵路，是山上山下惟一運輸的道路，學土木工程的外子被派主管此路的工務課長。

林場在日據時代高級職員都由日人擔任，日本人被遣送回國，順理成章由中國人接收擔任。人雖換了，制度未改。那時林場的待遇很好，主管人員不但分配到官舍，還有兩個下女（女傭）的名額。官舍都是日式房子，前後有寬敞的大院子，院子裡花木扶疏，儼然是花園洋房的架式。房內是落地大玻璃窗，四個臥房外，廚廁衛生設備俱全，看得出日據時代，日本人在臺灣過的是養尊處優的生活。

我和外子是帶了兩個行李捲兒，一隻皮箱的「新貴」。把行李捲和皮箱放進壁櫥，全房眞是四壁蕭條，家具全無。有很長的一段日子我們席地而坐，榻榻米上鋪著報紙當飯桌。

初到臺灣最感困擾的是語言不通，閩南話我聽「無宰羊」，國語當地人聽不懂。雙方要打交道，只能咦咦唔唔，點頭搖頭，比手畫腳的求溝通。

那時嘉義的「外省人」很少，臺灣割讓日本五十年，一海之隔也隔斷了民族的臍帶。五十年來除了當地的中國人，海外來往的都是日本人。對我們這初來乍到的大陸上外省人，有著極大的好奇，加上是同文同種的同胞，又自然的有著親切感。

猶記初搬到嘉義時，我是個大腹便便的孕婦，行動不便，工作更是吃力。搬來那天林場派遣幫忙的工人，把我們簡單的行囊往榻榻米上一放，拍拍手就走了。外子新官上任，無暇顧家，我一個人繞室走了一圈，仔細打量這個新家的環境。由於房子空了很久沒人住，處處蒙塵，牆角蛛網飄曳，那時正值七月炎夏，我把前後落地窗門打開，只見院子裡樹蔭匝地，涼風習習，驅散了燠熱。但落葉滿階，草深沒脛，我不知道如何進行吃力的清潔工作。

正托腮默坐在行李捲上暗自發愁，看到矮院門上出現了幾張頑童臉，正張大驚奇的眼，探頭探腦的往裡看。不用問，我猜一定是附近鄰居的孩子。我笑著向他們招招手，他們卻一溜煙的跑了。

不久，有幾位婦人隨著頑童們來。婦人們隔著門嘰哩呱啦對我講一堆話，我自然一句也不懂，只會攤手對著她們苦笑，她們也莫奈何的搖搖頭走了。

誰知一轉眼的工夫，她們又來啦，這次帶了掃帚、畚箕、抹布、水桶來，排扉而入。幾位身手靈活的婦人，兩三下子像陣旋風把屋內掃擦得清潔溜溜。然後用竹掃帚把院子裡枯黃的樹葉掃成一堆，在院子裡的小頑童們，邊嘻哈笑鬧中，也把院子裡的野草拔光，最後點起火來讓樹葉和茅草慢慢燃燒。

時近中午，我們由水裡坑清晨七時搭車到嘉義，我已快五個小時水米未沾牙（那時沒有可樂汽水，火車上也不供應茶水），剛光復後的嘉義還是偏僻的縣城，除了火車站附近，大街小巷中很少有小吃攤或飯館。正在飢腸轆轆，一位婦人捧了一個便當盒，提了一壺水又來了，她給我送來了午飯和茶水。那是我生平第一次看到「便當」吃便當，而那一次也是我這一生吃得最香的佳餚。佳餚是荷包蛋、小鹹魚、菜脯。喝的茶也是最香甜的茶水，至今憶起還口齒留香。而這位送茶飯的婦人，就是我們緊鄰而居的臺灣好鄰居順卿嬸。為鄰十年，我們一家承受她太多溫暖情誼，而今她已作古，思之悵然。

那天我坐在行李捲上，穿窗而進的南國熏風輕拂我身，吃著溫熱的便當，飲著香茗，鼻端飄著燃燒樹葉稻草泥土的芬芳味，我內心感到無比的舒暢踏實。

的確，那時真的有流浪人回家的感覺。一個從小就在戰火、流亡歲月裡長大的小女子，而今又被炮火逼迫投奔到這個孤懸海外的小島上。我們當初來，是別無選擇的孤注一擲，前途末卜。但那惴惴不安的心情，都被島上濃濃的同胞情平撫，從此我愛上這個地方。

語言是人與人之間溝通情感的橋樑，我一直認爲光復之初，政府大力推行國語運動是明智的政策。最初推行國語只在學校起步，還未普及到社會大眾，本省同胞大多不會講也聽不懂國語。但我的左鄰右舍都是本省同胞，我不能閉關自守，和人老死不相往來，我開始學講閩南語：「呷蹦」是吃飯。「卡水」是美麗漂亮。「阿丁嫂」是張家大嬸兒。後來我和孩子們都講閩南話，惟有丈夫講國語。請的下女（女傭）聽不懂，由我和孩子做翻譯。十年後我們搬來臺北，大兒已讀小學，學校的老師問他：

「你爸爸是外省人，你媽媽大概是本省人吧？」

「我爸爸和我媽媽是同鄉。」兒子回答說。

「那麼爲什麼你講的是一口臺灣國語呢？」

會講閩南話的確方便，也不再孤獨，我和巷內主婦們相約去買菜，交換育兒經驗，閒話家常。

我們住的是眷村，由於男主人都在林場服務，無形中有份關切，把守望相助的古風熱誠的奉行。做主婦的出去買菜辦事不必鎖門，幼兒就在戶外玩耍。記得一次大兒淘氣爬牆摔下來，傷及頭部血流如注。時在傍晚，外子又出差未回，下女揹著他，我穿著木屐，倉皇往醫院跑。大兒頭傷縫了五針，打針吃藥，折騰到萬家燈火時分，心裡惦記家裡兩個小的不知怎麼樣了？誰知回去後看到兩個稚兒已吃了晚飯、洗完澡，在對面鄰居家玩。我家飯桌上擺著已做好的菜飯，還溫熱的呢。原來對門居的「阿丁嫂」看天黑了我們還沒回來，就客串我家下女，爲我分憂。

「阿丁嫂」的媳婦更是熱心的人，每當我家女傭怠工、請假，或辭工，青黃不接找不到繼任人時，她就過來幫忙。幫忙洗衣服，把衣服燙平了，掉的扣子縫好才拿回來。我要算工錢她不肯，無以爲報，耿耿在心。我是北方人會做麵食，每次包餃子、烙餅都多做一些送給他們嘗鮮。他們總是讚不絕口，那時不像現在，每個地方都是滿街的餃子館，吃餃子已不稀奇。那時餃子在本省同胞眼中還是少見的食物。

在那段日子，我也眞體會到「血濃於水」的情誼。她們家中有婚喪喜慶的酬酢，都不忘請我，視我爲親近的朋友。農曆七月是本省俗稱的鬼月，家家請我吃「拜拜」，我有一晚吃三家拜拜的記錄。平時談起風俗人情，臺灣和大陸有很多地方相同，有的還細數「古早」時他們的祖先是大陸搬來的。

我常告訴她們我的故鄉風光。一個北地，一個南國，語言、氣候、吃食都迥然不同。聽說東北地方每到冬天都下雪，很嚮往看看大地一片銀白色的雪景，本省同胞大多一輩子沒看到雪的。我和她們相約，他年反攻大陸我回家鄉後，要請他們到我的家鄉做客，看北國風光，賞雪景。她們說太遠了，我說不遠，只一海之隔，坐飛機幾個小時就到了。她們說飛機票太貴，坐不起啦。我說沒關係，我請客。大家談得樂呵呵，但每個人心裡都明白，這是個遙遠不易實現的夢。

但夢也有實現的一天，前年政府開放大陸探親，我回去看父母繞道香港進入大陸。我相信有一天臺灣到東北會有直航機，我也不必出機票錢請她們，因爲現在她們都是臺灣有錢的阿婆啦。有幾位還曾到日本、歐洲去觀光旅行過呢。

她們曾告訴我，日據時代這條巷子裡住的都是日本人，本省人是住不進來的。而平時他們高高在上的嘴臉，也讓大家不敢和他們打交道。但看我們幾家外省人，都是和藹親切。也難怪，我們是同文同種的同胞，當然不會互相排斥。

那時公教人員待遇菲薄，米油鹽都是配給制，生活很清苦，最盼望過年，有年終獎金可拿。公教人員有了錢，購買力增加，連嘉義市區的生意人都沾了光，生意興隆，街上一片熱鬧昇平的年景。

當年生活雖然清苦，日子卻過得甜美安定。政府也在和諧安定中求進步，建設農村，開發都市經濟，一步一步推動臺灣走向繁榮，改善人民生活。我們剛到嘉義時，夏天晚上到鬧市閒逛，滿街咯達咯達的木屐聲。到我搬離嘉義時，大家出街都穿皮鞋了。還記得有一年春節，隔壁鄰居家來一位鄉下親戚，是位年輕的小姐，打扮得花枝招展，卻光著腳丫子，提著高跟鞋走進巷子。正好和我相遇，打過招呼，我好奇的看她那雙不穿鞋的玉足，她嬌羞的對我說：

「在草地都通天卡啦，皮鞋穿不慣習。」

而現在，走遍全省鄉下都找不到光腳丫子走路的鄉下姑娘，個個都是穿高跟鞋的時髦小姐了。

四十多年來，臺灣這個海島，在政府和人民共同努力經營下，由華路藍縷，到康莊大道，由貧瘠到富庶。我們在經濟成就上，由一條小蛇蛻變成東亞的四條小龍之一，這都應該歸功於當年安定的歲月和諧的同胞情。而我這來自大陸東北的女子，在此地過了一生中最安定，最幸福的歲月。對當地的同胞，我一直懷著深深的感謝之心。

民國四十九年夏，我們搬離嘉義北上。搬離舊居那天是星期天，全巷左鄰右舍的好鄰居都來幫忙搬東西送行，頻頻道別叮嚀。外子和大孩子們坐一輛三輪車，我抱著小兒子和大女兒坐另一輛，浩浩蕩蕩駛往火車站。

三輪車越走越快，我回首看到巷口站著那群送行的鄰居，心中好生不捨，淚水模糊了眼睛。

一直到現在，嘉義的老鄰居到臺北來，還不忘來看看我們。日月如梭，好像一眨眼的工夫大家都老了。滄海桑田話桑麻，當我們回憶往事，對那段日子都很懷念。

七十九年三月十六日《中央日報》

臺中的陽光眞好

臺北每年春節前後難得一見陽光。陰多雲時雨的天氣，常使我懷念臺中，懷念臺中冬日蔚藍的天空，暖暖的冬陽，淳樸友善的臺中人。

我與臺中有兩年的「地緣」。雖只是兩年的時間，但每一憶及那段日子，總恨時光難再，不能重溫昔時情景。

那年政府規劃省級機關搬遷臺中中興新村，我服務的水利局「雀屛中選」，第一批南遷。但新的辦公室還沒有影兒，我們只好捨棄了臺北青島東路一號的新式辦公大樓，侷處在臺中一個營區內——干城營區。因此，我與臺中結緣，過了一段不尋常，苦中有樂，値得回憶的歲月。

提起「干城營區」，當年在臺中很有名氣，是座駐軍的大本營，座落在「南京路」上，離臺中公園不遠。

它的特色，除了出入都是雄赳赳、氣昂昂捍衛國家的健兒。還是一片佔地遼闊，綠樹處處，草坪廣袤，草舍茅屋錯落其間的幽靜地帶。下了公車，彎進一條短短平坦的馬路，營區大門遙遙在望。迎門一塊巨石聳立，上刻「毋忘在莒」大紅字，四周是終年花開不斷的花壇。越走風景越優美，高聳挺拔的老樹，如茵的草坪。各種果木，生機盎然的菜圃，扶疏的花木，都是健兒們在秣馬厲兵之餘的副業成績。而那古樸的茅屋營舍，也是他們親手所建。雖是營區，卻被經營成紅塵中幽靜的洞天福地。

這片洞天福地裡的駐軍他遷，我們這群白領公務員就暫托身此處，在茅草房中等因奉此。有時伏案靜書，耳畔能聽到鳥聲、蟲聲、樹葉的窸窣聲，恍如置身鄉間。

老實說，剛搬來時感到種種的不方便。慣住在繁華都市的人，住的是洋房公寓。有冷氣，窗明几淨，抽水馬桶的現代辦公室。現在棲身的茅草屋，夏天電風扇呼呼的吹，還汗流浹背。冬天關了門窗，冷風從門縫窗隙中鑽進來都冷得打哆嗦。更可怕的是蹲式毛屎坑廁所，入廁時極力停止呼吸，以防臭氣薰得頭暈。那時女同事有如慈禧老佛爺落難，男同事也如光緒皇帝受罪般的苦楚和無奈。

可幸人的韌性很強，尤其中國人，慣能逆來順受，面對現實。既來之，則安之，慢慢的去適應環境之餘，倒發現這個都市裡的鄉村地方，也有它可愛的野趣。於是大家以黃連樹下彈琴，苦中作樂的豁達去發掘鄉居之樂，享受簡陋生活中那份悠閒！

雙十年華的少女工友，騎著公家配給的腳踏車，穿梭在營區中，以小學生旅遊的心情送公文。路過果木林摘幾粒青芭樂、青楊桃，連公文擺在你桌上。或者採一朵路旁的野花送給你，那青澀的果香，是菜市場的水果所沒有的。那芬芳的花香，也比花店眾花濃郁。住在營區偏僻處營房宿舍的工友老吳，在門前空地上闢了菜圃。不但自炊自煮，連青蔬都自種。多餘的還送給家住臺中的同事嘗鮮。祕書室裡的一位祕書，在臺中是個無家累的「單身貴族」，公餘之暇除了客串「護花使者」，日日澆他辦公室外花壇裡的眾花姝，使得「她們」特別嬌媚，還面對窗外的花姝相看兩不厭，對花揮毫，享受揮毫之樂。

而臺中的陽光，澤被全營區，辦公室廊前，操場上的草地，老吳的菜圃。它那夏日的燦爛，冬日的溫暖無所不在。我常常在冬日中午下班後，到附近街上繞一圈。只爲曬曬臺中的陽光，看那陽光下市容的溫馨。回來時，看見老周搬張椅子坐在陽光下，蹺著二郎腿看天看雲，原來他也在曬太陽。

眞的，臺中的陽光普照大地，溫暖人心，而且給春節增加了更多的年味兒。

我們搬到臺中，男同事樂得做「單身貴族」，無牽無掛。而女同事中多是一家之「煮」的中饋大臣，現在卻爲稻粱謀拋夫別子，帶著滿腔的牽牽掛掛在單身宿舍落腳。

剛搬來時有那麼一陣子新鮮勁，重溫少女時住校住宿舍，吃大鍋飯的舊夢。晨起不必灑掃，遠離庖廚，公餘瀟灑逛街，夜裡擁被聊天說笑訴苦。但畢竟都已不是少女情懷總是詩的年紀了。天長日久，掛著臺北的家，孩子、夫君。歉疚、擔心、相思，節節上昇，再也瀟灑不起來了。可是這盤雞肋吃了這麼些年，都甘之如飴，如今棄之可惜，有辦法的北調，沒辦法的只好認命。第一年的春節前，眼看家在臺中的女同事開始忙年，我們這些離家的主婦只有瞪眼乾著急的份。

不知誰發現的，臺中的冬天陽光竟然有醃製臘味的功能，於是大夥兒爭相醃肉，灌香腸，做年節的佳餚，離干城營區不遠的建國市場，那些肉販老闆都認得我們是××局的「辦公小姐」，不但切上肉，還自告奮勇爲我們醃灌。臘鼓頻催之際，女生宿舍的屋簷下一串串的臘肉香腸，在亮麗的陽光下泛著油光。

而這些臺中陽光助我製成的臘味，成了年夜飯桌上最受歡迎的美味，算是我對丈夫孩子包容我疏忽主婦職責的補償。

離開臺中我不再自製臘味。臺北沒有臺中那種亮麗的冬陽，陰雨使肉發霉，因此每逢春節倒倍思臺中。

最近得了個「鄉土之美」的散文獎，頒獎典禮在臺中舉行，正欣喜趁這個機會去看看老同事、舊朋友，卻臨時有事不克出席，心中怏怏。

當初千方百計謀求調回臺北，當調職公文到手，恨不插翅飛回臺北。而今卻有別時容易見時難的悵惘，對那段日子回味不已。

小時常聽祖母說：「窮有窮福，富有富的煩惱。」可是人總不易發現逆境中的福氣，直到事過境遷，回味時只添悵然！

八十三年二月二十四日《臺灣日報》

深情回眸

二樓的大玻璃窗視野遼闊，我靜坐在由玻璃窗透進的秋陽光輝裡，看窗外午後忠孝東路上的車水馬龍，行人道上熙攘的人群，恍惚間也時而會看到叢林、小橋、流水，和稻田。

成了習慣，每到週末下午或週日中午，常和丈夫相偕逛ＳＯＧＯ。

ＳＯＧＯ百貨公司，座落的這條東區最熱鬧的街上，是鱗次櫛比的高樓，眼花撩亂的市招，往來熙攘的街頭麗人，馬路俊男，以及那夜間閃爍著多變色彩的霓虹燈，都散發著誘人的魅力。

不過，我倆卻醉翁之意不在酒。我們在百貨公司底樓小吃店吃完喜愛的餐食，就到二樓臨街的這家咖啡廳小坐。

我們總是揀一個臨窗的卡座，各要一杯咖啡，看著大玻璃窗外，攜手走回時光隧道，走回年輕的歲月。在那個時代裡悠遊一番，繾綣一番我們的年輕。

「你知道嗎？我們坐的這個地方，就是咱們家門前那片稻田的邊兒上。」第一次坐在卡座上時，他指著腳下神祕的說。

看我這個沒有方向感，記憶又差的人歪頭沉思，他朝玻璃窗外指指點點：

「喏，光復南路的那排房子，就是以前咱們住的宿舍處，後面那個停滿車子的小公園，是瑠公圳大水溝上，對面那條名人巷是團管區的舊址，再過去是殺牛場……。」他的記憶一向好，如數家珍般。我從他的追憶裡由迷惘中清醒，一步步走回從前。

首先記起我們第一次來這兒看房子時，手裡捏著丈夫服務機關總務組開的地址，坐在三輪車上，三輪車行行重行行，左彎右拐，先是平坦的大馬路，接著是崎嶇的石子路，最後是泥土的羊腸小徑，越走越荒涼。

「老鄉，你知道地方嗎？」我沉不住氣了。

「放心您老，俺對這哈兒很熟的，錯不了。」三輪車夫是山東老鄉：「我說兩位往這哈兒幹啥？」

「看房子。」

「看房子？這哈兒是鄉下哪！」

說著說著，車子穿過一片竹林，眼前豁然開朗：遠處青山脈脈，近處稻田連陌，眞的到了「鄉下」。我們要看的房子以鶴立雞群的英姿昂立在稻田旁。局裡給沒有「眷舍」的主管和單身同仁租房子，選上這個荒涼的地方。房子是向瑠公水利會租的，很多棟二層港樓式，新蓋的，式樣別緻。那時還沒有公寓房子，這些港樓在我們眼中很「豪華」。於是我們不計離公車站遠，離學校遠，離菜場遠，闔家歡歡喜喜由新生南路自租的房子喬遷來此。

搬來後才發現生活上的諸多不便，我們的作息時間不得不改變。搬來不久冬季腳步悄然而來，日照短，我們全家過著披星戴月的生活，每天天未亮就起床挑燈做早餐裝便當，以便孩子們提早出門，走十多分鐘路去搭公車上學。而晚上我辦公室的交通車到家門口時，已是萬家燈火了。平常買菜、購日用品、買雜貨、寄信、辦私事，全揩公家時間的油，像小老鼠般偷偷摸摸、神出鬼沒。

住在這裡，冬日的東北季風特別強，午夜夢迴，總聽見曠野颳過來的風吹著電線桿呼嘯聲，像暗夜裡盲人的笛鳴。假日，推開陽臺的門探首外面，除了近處的稻田、遠處的青山，路上杳無人影。在這遠離市區的城裡鄉間，左鄰右舍除了上學上班，平常日子家家都成了冬眠的蟲蚜，足不出戶。

那時貫穿東區的瑠公圳還沒有加蓋，站在我家二樓的陽臺上遠看過去，像緞帶閃著波光的小溪。河邊是鐵路，再遠處是復旦橋。夜晚火車經過，如火龍般穿入竹林。復旦橋上往來車輛的燈光，彷彿天邊的流星穿梭。

最難忘的是，那條當年沒有加蓋的瑠公圳還闖了一個大禍。

我們的宿舍是二層港樓，共住兩家，我家住樓上。樓是坐西朝東，晴天陽光一大早就照滿陽臺，丈夫稱我們的樓是「迎曦樓」。但颱風來時，它就變成了「迎風樓」。因為樓前面是一望無垠的原野稻田，颱風由東面吹來，長驅直入，無遮無攔的、風雨交加的撲向二樓，陽臺積水、屋內灌水，二樓也成了澤國。有一年還遭水困四十八小時，那年命名「歐珀」的颱風肆虐，一夜之間，瑠公圳水漫東區，水淹到一樓的天花板高。半夜樓下的芳鄰敲門求救，我家成了避難所。

第二天清晨站在陽臺四眺，只見黃流滾滾如長江大河，遠處的復旦橋只露出一截橋面，我們這幾棟港樓成了水上孤舟。孩子們稚子不識愁，對著汪洋大水歡呼：「做大水嘍！好好玩啊！」忙著折紙船丟到水裡，看紙船載浮載沉漂向遠方。樓下芳鄰養的二十多隻「來亨雞」來不及救出，都成了「水淹雞」的死雞。沒有冰箱，水困不能採購食物，兩家人吃了三天雞大餐：水煮、清蒸、紅燒、滷味，吃得倒胃。至今我對雞的菜餚沒興趣。

除了風雨的日子，以及遠離市區的不便，我們的生活安定寧靜。尤其夏日的夜晚，當孩子們已入寢，大地籠罩在暗夜裡，我和丈夫坐在陽臺上，熄了燈，享受只有兩個人的世界。看藍天上閃爍的星光，復旦橋上車燈的流星，螢火蟲在對面草地上冉冉翩躚，聽稻田裡清脆的蛙鳴，無聲勝有聲，我倆沉默著，卻心心相映，都有著知足常樂的感受。

在觀繁星、聽蛙鳴、看螢火的「鄉野」情趣日子中，我目睹靠復旦橋畔蓋了一大片公寓式房子，就是現在的光武新村。遠處田野中聳立起一座巍峨高樓，就是現在的頂好商場的香檳大廈。我上班時搭公車，常走的那條羊腸草徑，拓寬成大馬路，就是龍門購物中心門前那條路。

搬離後多年，曾經回去一次，舊居拆除成了瓦礫場。那時眞沒想到，現在又常到這裡，坐在一座豪華大廈裡的咖啡座上，啜著咖啡，憑窗追尋往日的舊跡。在車水馬龍中，尋覓當年的青草地。在搖滾樂聲中追憶昔日的蛙鼓。在閃爍的霓虹燈裡，想螢火蟲翩翩起舞。

在追尋舊夢時光裡，我更懂得珍惜現在。因爲在這塊土地上，我看到臺灣由「華路藍縷」如何走向繁華大道！

八十三年一月七日《中央日報》

那條穿山越嶺的鐵路

「阿里山」流年不利，山上的自來水管破裂成災，大水沖毀了登山鐵路久久不能恢復通車。年前又野火燒山，大片廣袤的樹林化爲焦木。前不久八通關段又告烽煙起，幸未釀成森林大火災。對過去有十年歲月和阿里山有休戚與共之緣的我，由這些頻傳的災情，撫今思昔，不勝唏噓。

巍峨蒼翠的山嶽，是大自然鬼斧神工的創作。當我們有機會站在巍巍的高山上游目四眺，豈僅有登泰山而小天下的凌空之感，更爲那遼闊蒼穹下起伏綿延的山嶽所呈現的磅礴壯觀之美所震撼！

臺灣是個狹長型的海島，得天獨厚的地形和地勢，擁有山水之美。東部，面臨太平洋，煙波浩渺，海岸線堆雪濺玉。中央山脈重巒疊嶂，綠林攬翠。尤其「阿里山」是名聞遐邇的山景勝地，是大自然賜給人間的瑰寶。

「高山青，澗水藍，阿里山的姑娘美如水呀，阿里山的少年壯如山……。」阿里山上不僅高山常青，澗水常藍，姑娘美如水，少年壯如山，也蘊藏著高山瑰寶奇珍，生產高山奇禽異獸，更有人類智慧的建設豐富了它的內涵。阿里山登山鐵路是其一。

阿里山距嘉義市約七二・六公里，是連接玉山之西山而成臺灣中央脊梁山脈之一支線。最高峰海拔二、九〇五公尺，群山峰巒環列，形勢雄偉。加上附近溪谷甚多，形成斷崖，展現高山的峻嶺深谷，斷崖懸壁的天然奇景。又因雨量充沛，自然環境得天獨厚，樹木得以欣欣長育，蔚成遼闊的高山森林區。且氣候涼爽，是臺灣酷熱夏季避暑的好地方。

阿里山山巒重疊，氣候寒暖不同，溫差明顯。由平地至阿里山上分熱帶、暖帶、溫帶、寒帶。因而山上植物樹木也因氣候而生態種類各異。熱帶地方如龍眼、相思樹、榕樹。暖帶的烏心石、楠仔等闊葉樹。溫帶的扁柏、紅檜、亞杉、雲杉、鐵杉等常綠針葉樹。寒帶的唐松、冷杉、山柏等耐寒的針葉樹。這些種類不同的樹木構成廣袤的阿里山森林區。當阿里山登山鐵路蜿蜒穿越這些山林，攀行而上時，乘客能遍賞風貌景色不同的森林美景。夏季結實纍纍的龍眼，秋天橘紅枝頭的柑橘，而聖誕紅猶似楓葉紅遍山野。春天，高山櫻花繽紛，送春到山巔。冬季杉柏枝頭蓋雪，粉妝玉琢。冰掛垂枝，在雪霽後的陽光裡晶瑩剔透閃彩輝。

阿里山盛產各類林木，因此山中的樹木成爲臺灣最大的天然資源財富。由日據時代發現開發阿里山森林，成立森林作業區生產木材，到光復後木材外銷賺取外匯，到近年開發建設森林遊樂區，阿里山有挖掘不盡的資源寶藏，和開發的價值。

早期開發阿里山森林作業區需很多專業人才。主管阿里山的林務局廣攬造林、伐木的農林人才，機械土木工程人才。民國三十七年外子來臺卽進入林務局所屬的嘉義阿里山林場（今玉山管理處）工作，主管阿里山登山鐵路的運輸及維護工作。

早期的阿里山登山鐵路是阿里山的命脈。除了營運木材，山上的居民和工作人員生活所需，全賴這條鐵路補給。

阿里山登山鐵路由嘉義的北門站起，過灣橋、鹿麻產，到竹崎後卽進入山區，經木屐寮、樟腦寮、獨立山、梨實寮、交力坪、水社寮、奮起湖、多林、十字路、屏遮那、第一分道、二萬坪、神木，到阿里山。一路攀升，越走越高。

阿里山登山鐵路行車有幾個特色：由於山巒重疊，地勢急陡，坡度高險，行車採推拉式。上山火車頭在後面推送車廂，以增加車速。下山火車頭在前面引行，以阻擋下滑車速。過樟腦寮因路線無法提昇，因此在獨立山一段長約五公里的鐵路環繞三周，以螺線形盤而上。在屏遮那至阿里山間也有兩處路段作「Z」字形行車，始到達兩千公尺高的山巔。因此車內的乘客在獨立山到奮起湖段，可以俯瞰來時路。在屏遮那到阿里山間要行車兩次。此種鐵路路線工程，在全世界的鐵路史上罕見。曾有遊客賦詩詠嘆此兩處登山風光是：「鐵路迴旋挹翠巒，奔馳進退白雲間」「車似蝸牛緣絕壁，幾回盤過驛寮邊」。

阿里山鐵路蜿蜒穿行於崇山峻嶺間，山洞多，橋樑多。山洞支柱，橋樑材料均就地取材，用山上所產木材，木材易腐朽，需時時抽換。而路災特別多，豪雨颱風，都能使山洞倒塌，橋斷路絕。一處災情卽波及全線癱瘓，山上的人被困山上，山下的人不能上山。最怕星期假日遊客多時，如有鐵路坍方，橋斷洞塌，搶修需時日，被困在山上的人吃食都成問題，搶修人員心急如焚。那時我最怕午夜電話鈴響，因爲這種午夜電話百分之百是山上報告鐵路有了災況，外子第二天卽刻趕赴現場督導搶修。如遇有大批遊客困在山上，外子放下電話會唸叨：「在平地玩玩就好嘛，山上除了山就是樹有什麼看頭！」

立場不同，感受不同。外子不是遊客，因爲工作關係上山下山看山是山，看樹是樹，對山沒有相看兩不厭的閒情逸致，也體會不出「衆鳥高飛盡，孤雲獨去閒」的山遊孤獨之趣。

事實上，早期的阿里山之旅的情趣，和現在的確有天壤之別。那時到阿里山是遠離文明塵囂，投向原始大地上的群山峻嶺間，擁抱大自然。

由於山路狹窄，登山鐵路均爲窄軌。最初運木材所掛的車廂爲平板車。後來爲方便工作人員及眷屬上下山安全才掛密封式車廂，座位木椅條凳極簡陋。山陡路險，鐵路老舊，行車速度極慢。那時行車分單日上山、雙日下山的單向行車，所以阿里山之旅是十足的「悠閒之旅」。

坐上木凳木椅的小火車，出北門，奔竹崎。小火車越走越慢，搖搖晃晃，慢騰騰的穿越森林，渡過木橋，鑽出山洞。轟隆轟隆的車聲響著慢鼓點子，使人想起「搖呀搖，搖到外婆橋」的兒歌。這一路上驚艷千姿百態的樹姿花影。憂心危橋的脆朽，橋下深邈的幽谷山澗。穿越山洞伸手不見五指，只有嗆鼻的煤硝煙味。峰迴路轉，猛一回眸，來時的山洞就在對面半山腰樹叢掩映裡。清晨山中飄渺的晨霧，彷彿伸手可掬。傍晚落日餘暉撒向峭壁群嶺，也撒向乘客。如遇浮雲堆雪時，一望無垠波浪如濤的雲海就在眼底。雲海中遠遠近近浮現數處山峰，幾株古樹，可以幻想成海上的瓊樓玉宇。這裡「群山萬壑氣蒸騰，一片雲浪渾似雪」雲海奇景，惟有登上阿里山才得賞見。也惟有坐在那舒緩爬行，搖搖晃晃穿梭在群山間的小火車上，才能體會到「雲深不知處」的山遊滋味。

青山依舊在，幾度夕陽紅，青山不老，但世事變遷卻讓人萌生滄桑之感。

現在的遊客上山，行、住、食享受的完全是現代化設備，恐怕鮮少人知道現在祝山上的觀日樓，昔日是一棵大樹下的平臺。那時只有崎嶇的產業道路，到祝山看日出要有登山的好腳力。先總統　蔣公曾於三十八年、四十年、四十五年三次登臨阿里山避壽。據陪侍上山的外子說，每次都自備滑竿式的簡陋轎子上祝山看日出。而現在由阿里山到祝山那條登山路，已闢修成綠樹夾道，平坦的公路。看日出的旅客乘阿里山賓館的小旅行車登祝山，於拂曉時分到達觀日樓。觀日樓是棟二層樓的現代建築，樓東西兩側嵌裝高闊巨型玻璃窗，視野遼闊能觀日出、看群山。

昔日的阿里山車站是典型的鄉村小站，木造小樓，現已作廢。另在第四分道興建新的火車站，新火車站於民國六十七年落成，是依山建築的一座宮殿式房屋。屋頂蓋黃色琉璃瓦，下面矗立朱紅圓形巨柱，古色古香，美侖美奐。外有曲折迴廊，可供四百餘人排隊候車，免受雨淋之苦，車站周圍翠杉花木配合，阿里山車站有詩情畫意之美。

阿里山賓館原是木造日式房子，早期是林場山上的招待所，專供山下的員工到山上出差住宿。現在是一座依山勢高低改建成六樓大廈，內部設備裝潢全爲觀光飯店標準。

阿里山森林早期伐木過度，及現在市場需要量減，木材產量也銳減。近年林務局在造林、維護山林之餘，配合政府發展觀光事業。利用阿里山天然的山川秀麗、茂盛森林、高山奇禽異卉策劃森林遊樂區，成爲國家公園之一。阿里山登山鐵路由早期運輸木材爲主，蛻變客運爲主，而成爲森林觀光鐵路。歷年改善路況添購機車客車，淘汰原來燃煤的蒸汽機車，實施動力化柴油機車。簡陋的小火車車廂已換爲有冷暖氣設備的現代車廂。而行車班次由早期單日上山，雙日下山，每天只有一班車次，進步到現在每日有六個班次。

撫今思昔，阿里山由單純的產材林業區，到今日舉世聞名的高山觀光遊樂區，全賴這條登山鐵路。在阿里山公路未修築前，它任重道遠。現在因它的老舊，不易維護，當局有拆除廢置之意。使我油然生出「老兵凋萎」之感。

但以觀光客的眼光來看，它仍有存在的價值。它那景色千變萬化的旅程，悠閒輕鬆的行車，山裡淳樸的高山生活方式，坐登山火車上阿里山，除了高山美景，也讓遊客以思古幽情的感受，回到與世無爭，寧靜的村野歲月，濾沉一些濁世的煩愁。

八十三年三月二十四日《中央日報》

深山裡的城市

「路，是國家的命脈。」車子爬行在平坦光滑的路上，山風灌進敞著的車窗，送來草香泥土香，我想起這句話。

的確，有路才能使無人煙的山野有人跡，交通發達才能使城鎮繁榮。深山的小路是人走出來的，城鎮的大道是建設者修築的。當車子穿行在山林、果木、蕉林、蔗園夾道的山路上，擡眼是遠處青翠的山巒，俯瞰是山谷下時隱時現的濁水溪，我宛如置身在宇宙的大公園裡，心裡讚嘆人類改造環境，化腐朽爲神奇的智慧和力量。只因在三十多年前，我曾是此地暫歇足履的流浪過客，現在是舊地重遊的觀光客。

「三十年河東三十年河西」比喻滄海桑田的變遷，對這個山中小鎮——「水里」最恰當不過了。

三十多年前，我和丈夫由上海搭海輪渡海到了臺灣。沒有多久，服務的機關林務局，把他派到這個深山小鎮上的林場——巒大山林場工作。

我們帶著簡單的行囊：一隻箱子，一個行李捲兒，這也是我們全部的家當，由臺北搭坐火車，幾經輾轉來到這座山裡的小鎮報到。

「水里」人都稱「水里鄉」，屬南投縣，在中部山區，周圍有集集大山、巒大山。早年由於交通不便，是個閉塞的鄉鎮，被視為是窮鄉僻壤的地方。

那年我們到臺灣時，恰在中秋節前，下船那天正逢颱風過境，基隆港海浪滔滔，市區樹倒屋塌。在大陸上從沒見過也沒有聽說「颱風」，只以為臺灣的風颳起來很大。後來才知道「颱風」也是臺灣的季節風，每年夏天都會來襲這個海島幾次，尤其「九月颱」的風力更強勁！

那次的颱風大概是「九月颱」，不僅使基隆地區樹倒屋塌，也危及全省各地。鐵路中斷火車停駛，南下的火車不能開，困在基隆小旅館一星期，天天跑車站問火車何時通行。鐵路修好恢復通車，坐在火車上，沿途所見都是風災景象，吹倒的樹橫在路上，電線桿的電線斷落吊在半空中，田園淹沒。那景象透著貧瘠荒涼，看得我這來自土地肥沃、農作物富饒江南的大陸人直發愁：在這個孤懸海外、蠻荒貧瘠的海島上，往後的日子可怎麼過？

鐵路剛修復，地基不穩，車行很慢，停停走走，由上午八時到晚上六時還沒有到我們要去的地方——臺中。更懊惱的，到了臺中因爲天光已暗，站頭不熟，站牌看不清楚，竟然坐過了頭，到了嘉義。那天晚上只好在嘉義火車站附近的一個小客店住一夜，第二天又搭北上的火車走回頭路。

到臺中一打聽，還要坐火車到二水，然後坐集集線的火車到水里。由二水到水里經過集集鎭後，火車要穿越好幾個山洞，颱風來時山洞坍方，正在搶修中，火車停開。

坐在臺中火車站裡，兩人正進退維谷，又聽不懂臺語，正發愁，卻有一位看似外省人的陌生人上來搭訕：

「我說，你們二位不是當地人吧？到那哈兒去？」一口的山東腔，邊問邊斜著眼瞄我們腳旁的箱子行李捲。

一聽，眞如他鄉遇故舊，絕處逢生，趕快請教我們的行程該如何走，除了火車，是否還有別的交通工具？

聽我們說是到巒大山林場報到的工作人員，山東老鄉立刻爽快的說可以搭他的卡車。原來他是林場的工人，開了卡車送木材出來，現在要回林場，可以搭便車。

「不過卡車要走一段山上的產業道路，路不好走，很顚。」他說。

只希望趕快到目的地，我們搭了這輛卡車。

車過集集鎮不久，就開始爬山坡。是名副其實的山路，路沿著山根蜿蜒而上，山路沒有鋪柏油，坑坑窪窪，靠山石子多，路上處處有碎石卵石，卡車由上面輾過搖搖晃晃，遇到大石塊，卡車用三級跳的衝勁越過，眞顚！顚得我背酸腰痛。因爲回程的卡車卸下木材是空車，空的大卡車在這崎嶇的山路上行走車輕似燕，難怪顚得像坐搖船了。

這一路也讓我們捏著冷汗，山路難行，彎道多，路面窄得只容一輛卡車通過。車行時塵土飛揚，車前車後一片塵霧，幾乎看不清前面的路。爲防對方有車來，開車的人小心翼翼的把著方向盤，不斷按喇叭。因爲路的另一邊就是山谷斷崖，一個不小心，不是和對面來車相撞，就是翻落山谷下粉身碎骨了。

這一路行來，才看出「颱風」的厲害。

中南部地區是臺灣盛產香蕉的地方，車子爬過山路到了平地，時時可見到路旁的蕉園。香蕉樹上結實纍纍，成串碧綠色的香蕉垂掛在蕉葉下。但由於不久前颱風過境，蕉園被摧毀得滿目瘡痍，蕉樹有的折斷，有的連根拔起，串串的香蕉也萎落在泥地上。

除了香蕉，這一帶是個貧瘠的地區，看不到禾稻翻綠浪的田陌，只見野草枯藤繁蔓，雜樹夾道。

在水里住下後，發現小鎭眞是窮鄉僻壤，背倚群山，面對河溪，河溪上有兩條舊橋：一條水泥橋，走車輛，一條木橋走人。過了橋是鎮區惟一的一條街道，這條街通往火車站，火車站建在半山腰，小小的木造平房，看得出年代很久遠了，短短的月臺是山腰突出來的一塊岩石。小鎮的居民對外交通全靠火車，據說小鎮很多年代前，是一個群山環繞的盆地湖泊，經過地層的變化，海水乾涸，成了陸地。因爲周圍有集集、巒山生產木材，就以這兒做爲木材運輸的集散地，林務局也在這裡設立了工作站——山林管理所，也就是林場，綜理造林、伐木、運材的工作，所以這裡又叫「水裡坑」。

小鎮雖然貧瘠，但風景很美，四周層巒疊翠，開門可見山。濁水溪由高山流過，流經「大觀」發電所，完成發電的使命，就如一條瀑布般，飛珠濺玉的傾瀉而下，流進了河床。河床亂石滿布，水名「濁水」，過了高山到此卻一清見底。天氣晴朗的日子，鎮婦三三兩兩來到溪邊浣衣，然後就攤晾在河床的卵石上。我們的住處倚山面溪，夏夜開窗迎習習山風，午夜夢迴聽嘩嘩傾瀉的溪水聲，眞是山中歲月長，不知外面今夕是何夕。

過了橋是小鎮的市區，短短的一條小街上，卻也麻雀雖小，五臟俱全。靠火車站有家小旅館，有間「茶室」，接著是兩間小食堂，還有一間賣日用品的小雜貨店，理髮館，和燙髮店，在橋頭有一家糕餅店，我和丈夫傍晚散步時常進去坐坐，因爲它也連帶賣牛奶、阿華田。住久了，語言勉強可以溝通了，坐在店裡櫃臺前的木凳上，要一杯鷹牌煉乳沖阿華田，幾塊小餅乾，和會聽不會講國語的老闆聊聊，交換一下鄉土人情，也算是享受。

小鎮上只有一間小學，在山腳下。四間教室，一間辦公室，校長也是老師、校工，老師也是辦事員。操場倒很大，有一次路過，站在那無牆無大門的校舍旁看老師訓話，不超過三十名的學生，站在大操場上，好像是「辦家家酒」。

這些小學生都很活潑好動，無論男孩女孩都打著赤腳，書包是一塊布，把書包起來，斜背在背上。一放學就如一群出籠的鳥兒，一路嘰喳奔跑。許是家長都爲謀生忙碌，也不懂衛生的重要，小一點的學生一臉的髒污，有的還拖著兩條鼻涕。他們平常遊戲玩耍除了爬樹摘花，在野地裡追逐嬉戲，就是到河濱裡捉魚摸蝦，是眞正的鄉下兒童。

鄉下兒童的天地遼闊，大自然有無數新奇的事物，讓他們內心的世界多彩多姿。而鄉居對沒有孩童纏絆，新婚未及一年的我太寂寞了，長日無所事事，又無消遣的地方。想看場電影吧，那間鎮上僅有的一家電影院卻常演歌仔戲。跑碼頭的歌仔戲團來了，一演就十天半個月，空檔時才演電影。像戲棚子般簡陋的電影院，舞臺上沒有銀幕，放映電影時臨時支撐起一張白布，放映機就擺在木椅中間的過道上。所放映的竟是啞片，一位眞人站在一旁，用喇叭講臺語道白和劇情，看得我一頭霧水。而坐在那簡陋老朽的戲院裡，使我總擔心會不會倒塌下來。

所幸後來我發現一家小文具店出租小說，在眾多俗淺的漫畫書、言情故事書中，我竟然如沙中的淘金者發現了幾本好書：《瀛臺泣血記》、《駱駝祥子》、《京華煙雲》。在鄉居無聊的日子中，我就以看這幾本閒書打發寂寞。後來發現這家文具店也是鎮上只此一家，別無分號的「郵便代辦所」。

住在小鎮裡最大的不方便是對外交通，小鎮對外交通只有火車和卡車。火車的路線是橫貫線上的支線，由二水過集集到水里，終站是外車埕。車廂老舊窄小，木板座椅靠著車窗，中間過道擺貨物和行囊。小鎮當地人養雞養鴨，常賣到大城市，過道上有時放著雞鴨，還有買回來的小豬，車廂內人畜雜處。過集集到了山區，沿途山洞多，最長的一條車通過需五分鐘時間。車廂沒有門扇，車窗沒有窗扇，燃煤的火車穿過山洞，乘客飽受煤煙燻嗆，出了山洞，每個人都成了灰頭土臉的大花臉。惟一的一條公路繞山轉、路面窄、又崎嶇不平，車行其上險象環生，只有運貨和木材，鎮民很少乘坐。

單調的日子，不便的交通，我對小鎮沒有眷戀。當得知丈夫他調離開此地，我迫不及待的整理行囊。我揮手告別小鎮時，只以爲此生不會再回來，誰知我仍有緣舊地重遊。

重遊舊地已是三十年後，丈夫又調回林務局工作。他到任後不久到巒大山看工程，我做了搭便車的遊客。

這次我們由日月潭過埔里走公路，坐的是林區管理處的小旅行車。

九月的臺灣已有些秋色，雖然仍有著夏日的燠熱，但卻空氣清爽。南臺灣的九月是美麗的季節，原野一片欣欣向榮的景象。沿途樹綠山碧，田埕綠禾翻浪，讓家居塵土處處的都市人身心俱爽。

車過埔里越走越覺秋高氣爽，山風習習，晴空如藍緞，遠處層巒疊翠，近處幽谷青葱，早紅的聖誕紅在山腰的樹叢中若隱若現，好像深秋的楓葉。

來接的林區同事很健談，也是三十年前的老同事，一路上和丈夫話昔敍今，講三十年來此地人與事的滄桑。

「這條路修得不錯，寬敞平滑，沿途景色也很美，可以做觀光大道。」丈夫看著車前筆直漂亮的柏油公路說。

「這就是以前那條產業道路，專運木材的，現在卻是主要的公路，可通日月潭、臺中，還有人叫它『水果路』，因爲兩旁種了很多水果。」

是以前那條路？是三十年前我坐了卡車到水里時，一路顛得我五臟六腑都在腹腔抖動的那條山路？我一霎間不能接受這個奇蹟，睜大眼睛，坐直身子，目不轉睛的注視車子經過的每一寸土地！

我看到了葡萄園，連綿里長的葡萄園就在山坡下；矮矮的葡萄樹上都罩著綠紗網，下面搭著果棚，果棚下是一串串的葡萄。

我看到了芒果樹，一大片一大片的芒果樹林，樹下面吊著紅黃橙色的果實。司機說，今年夏天的芒果大豐收，便宜的擺在路邊攤成堆賣。

我又看到了香蕉園，香蕉樹株株肥碩，成串的綠色香蕉墜在寬大蕉葉下，有的套上藍色塑膠袋，只露出紫色錘形的蕉花。

我也看到百香果樹、梨樹。小旅行車在蜿蜒而上的山路上左彎右拐，山窮水盡疑無路，柳暗花明又一村，眼前的景色不斷的變化，每一處都呈現著悅目的景致。三十多年前崎嶇不平、塵土飛揚狹窄的山路，被修築成平坦的觀光大道。路是國家的命脈，帶動地方的繁榮，這條路使荒山成了水果的故鄉，美化了自然景色。不知水里變了沒有？我懷著急於想要看到久別老友般的心情，沿著公路，車子駛進鎮區。

水里，別來無恙！遠處青山依舊，溪水如昔。但卻讓我這三十年前的老居民，用驚異的眼光端詳它。

它的風貌大大不同了。彷彿由一個樸實無華、稚嫩的小村姑，蛻變成一位風華絕代的都市女子。

看不到泥土路，條條馬路是鋪了柏油的大街。

路兩旁的古厝平房不見了，是現代建築的樓房。

遠遠就看到半山腰的火車站了，古老平房式的站房已拆除，改建成二層樓的樓房。

小旅行車在鎮區街上緩緩而行，我認不出住了一年的舊街道了。極目向前，琳琳瑯瑯的市招展示這個山鎮的新貌，高樓裡面是百貨公司、服飾店、西點麵包店、小小咖啡廳。

飯館不只是兩三家，餃子館、川揚外省館、臺菜清粥、日本料理，還有兩家七層樓的觀光大飯店，小鎮已不是閉塞的窮鄉僻壤。

銀行、信用合作社、郵局，還有兩家小書局。最醒目的是大街上那座電影院，我已搞不清楚這座兩層樓高的電影院是不是昔日那個舊電影院？只見戲院大門口掛著彩色濃艷巨大的看牌，看牌上畫著明星的畫像，栩栩如生，鮮活傳神，不知是鎮上那個畫匠的傑作。由這張看牌上，看得出小鎮的文化水準也提昇了。

車停在一家飯館前，大家下來用午餐，我卻在等候菜上桌的空檔時間，獨自走到鎮區做重遊舊地的巡禮。經過一處菜市場，想起昔日我每天去買菜的路邊菜場，不覺信步走進去。是座新建的現代化菜場，水泥地、白磁磚的菜攤子，每個攤位有水龍頭設備，也有冷凍櫃共用，電燈、電風扇，和昔日那個雨天泥濘難行，夏日驕陽烤人的露天菜場有天壤之別。菜市場是居民民生物質的供應站，由菜市場可以看出當地居民物質生活的水準，這個菜市場裡青蔬魚肉俱全，還有雜貨店、花店、時裝店、燙髮院。出出進進市場的鎭民，都衣履光潔，家庭主婦的裝束和大都市的一樣，聽不到昔日那滿街咯達咯達的木屐聲了。

午間放學的小學生列隊經過街頭，街上摩托車、汽車往來穿梭，昔日看不到車影的街頭已消失。

小學生也有了新的形象；頭戴小黃帽，揹著背包式的書包，襯衫短褲的制服，白運動襪黑球鞋，斯斯文文的走著。

小鎭繁榮了，不再是三十多年前深山裡貧瘠的小地方，而是山中有優美風景，有現代生活的都市了。

《臺灣新生報》

蘭陽之旅

車子穿過臺北街頭沸騰的車陣，拋棄吵雜的市聲，駛向高速公路，走進鄉村。青山迎面，綠樹耀眼，我以一顆孩童的心，滿懷載歌載舞的歡愉去旅行。只因為生活在都市，很久不出來看看，已成了井底之蛙。

臺灣素有「美麗的寶島」美譽，這塊被世界公認為「福爾摩沙」之地的美，我迷戀南部那一望無際嘉南平原的熱帶風光。目眩中部那萬千丰姿的層巒疊翠。但，北部的青山綠水之美，卻在這次新聞局的邀請下，做三天的蘭陽之旅，才得親臨目睹。

宜蘭縣東臨太平洋，西倚中央山脈，有峻峭的高山，綺麗的幽谷，面臨浩瀚海洋的美景，嶙峋奇巖下飛珠濺玉的奇觀，是個多河川、湖泊、瀑布、溫泉天然美景的地方。而蘭陽平原田野的風光，更給它增添了嫵媚秀麗。

宜蘭，彷彿嵌在臺灣島北部一幅山水畫。

蘭陽得天獨厚，獲得大自然之神的垂愛，賦予它美麗的大自然風光，和峻山秀水。在重視無煙囪工業的現在，它就成了發展觀光事業最理想的地方。福山植物園是最近開放的觀光之地。

福山植物園地處臺北、宜蘭二縣交界處，是臺灣省農林廳的林業實驗所福山分所。原是奇樹異卉，稀有植物的保護區，因此它有與普通植物園不同的風光特色。

竹風蘭雨，名不虛傳。尤其在這暮春的三、四月間，蘭陽猶如罩著面紗的美人，在煙雨濛濛中展現它的神祕之美。我們登福山那天是個斜風細雨的天氣，福山海拔約六百公尺，加上山路彎坡多，車子一路攀爬蜿蜒而上，行在狹窄的山路上時，遠山煙霧騰繞，俯瞰下面是幽暗深谷，讓人捏把冷汗。

到達山上，下車遊園，浴著細雨斜風，穿行在翠碧的林樹間，彷彿置身畫圖中。

雨天遊客不多，山園更顯寂靜。導遊員提醒大家要悄聲慢行，聽聽大自然的聲音。行行重行行，果然，耳畔有沙沙雨聲，有風與雨的絮語。水池中蛙鼓是原野的歌手，林間鳥鳴是箏音，彼落此起，長音短調，大珠小珠落玉盤。行至古拙造型的涼亭前，進去歇歇腳，且聽一曲雨打樹葉的國樂。老木橋，引人思古幽情，踏上去微微顫抖，訴說著古老歲月的年輪。而撐著傘的導遊員，率領一群傘隊，時而仰望著巍岸的大樹，時而躬身端詳粗壯的矮灌木・

指指點點講著樹的故事：那株是樟科植物，那株是殼斗科植物，大葉楠、烏來柊。花的世界：離瓣花區，合瓣花區杜鵑花區等等植物，多是都市紅塵中未見過的奇樹異卉。

福山植物園是個林業實驗區域，以保存植物基因，提供學術研究。保育野生植物，推廣植物教育，維護大自然的資源，讓我們的生態環境豐饒。現在開放爲觀光區，讓社會大眾有個既能休閒，又能增加植物知識的好去處。

有一首古老的漁歌：「雲兒飄在海上，魚兒藏在水中……緊撒網、緊拉繩，煙霧裡等魚踪……。」很詩意的景象。

但眞正的捕魚卻是很刺激，在頭城我們特地品嘗「牽罟」之趣。

頭城是蘭陽平原北端的一個倚山面海的小鎭，居民以農漁爲業。

站在頭城的海灘上，龜山島遙遙在望，它隨著潮漲汐落，頭尾時隱時現，就如在海上載浮載沉的巨龜。這個龜山島也是宜蘭的地標，就在這地標的海域裡，一艘古老木船撒下網，靜候魚群入網。我們這群只吃過魚，沒有捕過魚的都市人，則在岸上待命相候「牽罟」。一方面欣賞大海，也赤腳在沙灘上徜徉、照相，享受難得的「海之旅」情趣。

「牽罟」是以人力牽拉漁網的原始捕魚法。早年漁村的漁民們，每逢魚汛季節，便派人全天候守在海邊。發現魚群動靜，立刻攜帶魚網划著竹筏出海撒網包抄魚群，留在岸上的人，腰纏短繩搭鉤罟索，待魚入網，就同心協力，以拔河方式用力將罟網拉上岸。此時網內魚躍蝦跳，「牽罟」的漁人喜上眉梢慶豐收。

現在，這種「牽罟」捕魚法，因爲機械捕魚進步，已沒落少見，而成了觀光客新鮮刺激的遊樂活動。

不久「牽罟」時刻到來，捕魚老手一聲令下，大夥赤腳站在沙灘上，賣力的拉網。可惜不是魚汛期，加上我們這群門外漢笨手笨腳，網住的魚一路上都成了「漏網之魚」，拖上岸的魚網內只有小魚三五隻。這三五隻小魚成了我們晚餐桌上的海產宴裡的壓軸湯，雖不豐盛，卻滋味不同，因爲有我們的汗水和勞力。

《冷泉心影》是記述蘇澳風光的一本書。「只有我和你，走在向晚長堤，晚風拂，晚霞麗，如走在圖畫裡……。」是唱頌蘇澳海堤美景的歌詞，都是已逝的女作家鍾梅音的作品。很久了，我都夢寐到蘇澳一遊。

蘇澳和臺灣很多古樸小縣市一樣，寧靜、幽雅，置身其中輕鬆又閒適。加上它擁有市區內卽可望見的浩瀚大海，視野清朗又遼闊。

當車子緩緩行過海岸的水泥道路上，我仔細的揣尋女作家筆下的長堤呢？沙灘呢？豈僅是景物全非，舊址也難尋了，因爲畢竟那是三十多年前的蘇澳了。

而今的蘇澳港，在六十年的十大建設裡，已由只有漁村的小港口，一躍而成爲臺灣五大商港之一。

港岸上全是成排的貨倉建築，港水中停泊著巨大的輪船。而港外遠處有兩道長長的防波堤，如兩隻巨臂圍護著港灣裡的船隻，任它堤外狂風巨浪，港灣內卻風平浪靜，是理想的避風港。很多購自國外貨品，國內出口的貨品，都在此處裝卸，對臺灣經濟建設的發達功不可沒。

礁溪，以溫泉聞名。

溫泉繁榮了礁溪，走在礁溪的街上，處處可見溫泉旅館和澡堂的市招。觀光旅館、海鮮店林立。入夜後來往的車輛穿梭在霓虹燈之間，交織成一片繁華的都市景色。

礁溪有著「得地獨厚」的溫泉資源，自古至今有過風光的歲月。泡暖了數不清疲倦勞累的身體，給人以聲色之娛。而現在，在科技發達下，又發展出溫泉產業，如溫泉蔬菜、溫泉養殖，礁溪的礦泉水，更以水質清醇甘美聞名。而它的名勝古蹟，也成了觀光的賣點。

如果您想洗溫泉、嘗海鮮、賞古蹟，乃至看帆桅風光、輪船的雄姿，以及蒼翠的山、浩瀚的海，請到寶島北部做蘭陽之旅。

八十三年五月十六日《臺灣日報》

松花江畔——我的故鄉之旅

一邊是鐵路大橋，一邊是公路大橋，兩座橋遙遙相望的跨越江上。北國夏日的夕陽絢艷，把原本淡藍色的江水塗染成淺橘色，兩座橋宛如江上的人造彩虹。

江水悠悠，弄潮兒已散，汽艇收渡，只有三五小舟在江心盪漾。

「我的家在東北松花江上，

那兒有森林煤礦，

還有那滿山遍野的大豆高粱……。」

我站在江畔，游目眺望這幅江上的「晚霞夕照」圖，胸臆間默唱著這首歌。

極目遠眺，看不到森林、大豆、高粱。只看到悠悠的江水，由遠方迤邐而來，又逸然而去，恍惚如在夢中。

但我卻眞實的站在江畔，站在懷鄉歌曲中的江畔，站在只以爲此生難得履踏的松花江畔。

眞的，要不是嫁給哈爾濱人，我這個自幼浪跡異鄉的東北人，此生恐怕不會親臨松花江畔，看這條唱了四十年歌中的江——「松花江上」。

「松花江上」是流亡三部曲之一，歌詞淒涼悲壯。松花江在我想像中一直是壯闊淒美的。

萬萬沒想到，松花江是一條風光明媚的江水，兩岸景色旖旎，在七月的夏日，不輸江南秀麗風光。

松花江是我國東北地區最大的內河，源出長白山脈的白頭山天池，匯入黑龍江，是黑龍江的最大支流，全長一千八百四十公里，中游橫貫哈爾濱市。兩岸的自然風景，人工建造的園林，構成綺麗宜人的風景群，使得哈爾濱有「北方小江南」之稱。

哈爾濱屬大陸性氣候，四季分明，因此松花江兩岸風景四季不同：春季明媚，夏季綺麗，秋季粗獷，多季潔白。我們回鄉時，正值盛夏時節，江水晶瑩，金沙細軟，兩岸綠樹成蔭，是游泳、泛舟、垂釣、郊遊的好季節。

站在岸邊展目江上，弄潮兒一群群在江中嬉泳，小划子穿梭逡巡江上。樹蔭處三三兩兩垂釣者，手持魚竿，靜坐岸邊等待魚兒上鉤。

江中除了小划子，還有汽艇往來於兩大橋之間和松花江兩岸，供遊客往來兩岸，欣賞、遊覽風景勝地。

松花江南岸，有座「斯大林公園」，是中國海岸線最長的江畔公園。園內綠樹遍布，沿岸的綠樹成排，形成一道十里綠色長堤。有幾處種植的蔓藤軟枝的樹木，互相盤結攀連，牽成一條條壯觀、照眼綠的行道綠樹棚，驟雨來時可遮雨，艷陽高照時可遮曬。

如茵的草坪，寬敞亮麗。繁花似錦，姹紫嫣紅爭艷。最吸引人的是，頗具匠心以植物爲材，塑剪成的牛、羊、貓、狗、雞、鴨、猴、蛇等動物的形態，栩栩如生，漫步其間，彷彿走在綠色動物園中。

行行復行行，展目前眺，樹連樹，是綠樹長堤。移眸江上，江水遼闊，「綠樹掩映十里長堤，一江闊水悠悠」是斯大林公園最迷人的景致！

站在斯大林公園傍江邊處，遙望對岸，又是另一景色：紅頂白牆的歐式小樓，掩映在萬綠叢中，江岸停泊著點點白帆的遊艇。那是哈爾濱聞名的避暑勝地——太陽島。

太陽島位於松花江北岸，是座三面臨水的沙丘之島。全島面積一千九百六十公頃，種植了一百多種、三十餘萬株樹木。如紅松、樟松、雲杉、白楊、榆樹、柳樹等。另有丁香、玫瑰、菊、牡丹等花卉。除了嚴寒的冬季，霜降的秋末，時時萬紫千紅，樹木葱籠，碧水環抱。也因有綠樹、海風、繁花，在哈爾濱盛夏的七、八月間，氣溫高達攝氏三十五六度時，這兒就成爲人們遨遊小憩的避暑之地了。

島上建築雖然顯得老舊，但那些具有中國古典風格，和歐洲古典風格的餐廳、水榭、涼亭、拱橋、別墅，錯落在花木掩映中，襯以藍天碧水，幽雅靜謐，啓人思古幽情。

在島上除了游泳、泛舟盪槳、餐廳小飲閒坐，也可以坐小毛驢拉的馬車遊逛。小毛驢慢騰騰的走著，蹄聲得得。頸項下銅鈴叮噹，頗有「騎驢看唱本，走著瞧」的悠閒。

島上另一個風情是處處有美女的倩影。這些東北女郎高眺、健美、白膚如雪、五官秀麗。鶯聲燕語的談吐，更增加了她們的嫵媚。在江邊她們著了鮮豔的泳裝，或在水中浮沉，或在白沙灘上曬太陽，個個是美人魚，讓人幾疑到了熱帶的南國。同去的姪女兒告訴我，在江邊沙灘上曬太陽的那些女郎，十之八九是「二轉子」——中蘇混血兒，難怪她們容顏美麗，行爲大膽浪漫。

我們沒打算在島上過夜，只能做走馬觀花之遊。小毛驢拉的馬車載我們登太陽山，走過玉帶雙橋跨過太陽湖，繞過「水閣雲天」的水亭，一路老樹濃蔭，碧水淙淙。橋上有一處亂石參差，水過處激起飛珠濺玉的水花，古意盎然雕花的白石橋，異國風味的林間小舍。坡地上與綠草爭豔的繽紛小花，我們坐在馬車上左顧右盼，彷佛置身在童話中的仙境。當重回江畔時，已是夕照滿江紅了。

在落日中賦歸，我小立岸邊，投下深情的凝眸；別了！松花江，我要帶著眸內你那永不會褪色、消失的倩影回到寄居的異鄉，常駐心頭慰鄉思。

「我的家在東北松花江上……那年那月，才能夠回到我那可愛的故鄉……。」

故鄉之旅結束，漂泊的人身不由己，我眞不知道那年那月再重遊松花江畔。

我懷著依依之情離開江畔，內心有留戀，也有感慨。

感慨最深的，是此地濃厚的異國色彩風光。尤其哈爾濱市區內，處處可見紅色圓屋頂、雄偉的俄羅斯建築，走進舊市區的中央大街，彷彿到了莫斯科。哈爾濱最大的百貨公司「秋林百貨公司」，原是沙皇時代俄人在哈爾濱建設的企業大樓，已有八十年的歷史，現在依然保持俄羅斯風貌：賣俄國大麵包、臘腸、酒心糖、黑加蜜酒。

看到這些情景，生爲中國人感到心驚！也有所沉思：東北，這片廣袤肥沃的中國土地，是很多國家覬覦的資源豐富的大地啊！

八十三年六月四日《中央日報》

畫旅

離開臺北出去旅行，我喜歡坐火車，火車行走在鄉野間，穿梭在群山裡，沿著海岸行，乘客彷彿置身在鄉土畫廊裡。遍看青山綠水、晨曦晚霞、村野人家、舊舍古蹟之美。

我喜歡乘坐那站站都停的慢車。因爲我喜歡那些小小的火車站，它總是像小村姑一樣，溫柔的依偎在鐵路旁。

有一座小火車站的影像常出現在眼前：木造的站房，古樸簡單，短短的一條月臺，月臺上只有一個出入口，一邊進，一邊出，小火車站上旅人不多，常是冷冷清清，透著日子的悠閒。

小火車站的月臺上有三五座小花壇，四季開著不同的花：小雛菊、紅玫瑰、黃蟬、聖誕紅，在風中輕輕款擺，好像歡迎旅人歸來。這些花朶，也像村姑鬢髮上揷的花朶，給簡陋的小火車站增加了幾許嫵媚。

這些小火車站多數毗鄰著鄉村，火車走出小站，車窗的相框裡是另一幅景致，綠油油的稻田翻翠浪，四合院的農舍門楣上的春聯已淡，曬穀場上雞雛徜徉，老狗懶臥簷下，竹竿上衣袂飄盪，睫目間，又見老農荷鋤徘徊田陌上。

這些與都市全然不同的景色，讓常年混跡在車塵人囂繁華中的都市人，暫離俗念，放鬆繃緊的心弦，且享浮生片刻閒。

「綠野、小站」我愛這幅畫。

坐在火車裡，凝眸車窗外，沿途的風光是時時變化的畫册。

乘海岸線火車，車經竹南過崎頂，靠海那邊是連綿的木麻黃防風林。綠色的防風林後有個海水浴場，海水浴場的小紅屋頂在萬綠叢中隨著車行忽隱忽現。藍天如洗時，遠處的海岸線清晰可見，如雪的浪花給大海鑲上花邊。亮藍的海面上有點點白帆，藍天深處海鷗翱翔。

回眸車的近處，是一畦一畦接連不斷伸向遠方的瓜田。瓜田裡的瓜在綠葉半掩半露下有渾圓的、橢圓的，大的小的，歷歷可數，像撒在沙地上的珍珠。

面對眼前這幅藍天、白浪、海鷗、紅屋頂、綠樹、瓜田大自然的美景，如果我是畫家，我會在畫布的一角題上「海岸、瓜田」。

搭乘山線的火車，沿途風光又是另一種景色。

三義到勝興是縱貫線海拔最高的地方，火車蜿蜒穿行在群山之間，山窮水盡疑無路，柳暗花明又一村，時時有奇景展現眼眸前。

山線多山洞，每每車子穿出山洞，眼前豁然開朗，是一片新天地：層巒疊翠圍綠谷，谷中農舍十數幢，半山梯田傍澗溪，小徑繞山行。清晨時刻，曉霧似紗罩山谷，群山都在虛無縹緲間。傍晚暮色四合時，谷中燈光冉冉如螢火閃爍，寧靜安詳。這遠離繁華都市的深山美景可入詩入畫，這裡的人家是「翠谷人家」。

嘉南平原最美麗迷人的時候，是夏末初秋時節。

火車一進入嘉南平原地帶，車窗的畫框就開始展現豐盈繽紛的風光。

一望無際的綠野平疇上，是目不暇給的翠碧農作物，如青紗帳的甘蔗林，綠了芭蕉的香蕉園，瓜架豆棚下纍纍的豆瓜，菜圃裡的青蔬在陽光下閃著綠光，花畦裡姹紫嫣紅春意鬧，遠處亭亭的檳榔樹增添了熱帶風光。田陌間圳川如清冽的溪流，三五幢農舍座落其中。

杜甫有詩：「清江一曲抱村流，長夏江村事事幽，自來自去梁上燕，相親相近水中鷗。老妻畫紙爲棋局，稚子敲針做釣鉤。多病所需唯藥物，微軀此外復何求。」多病的杜甫，生活在田園寧靜的日子裡，有無限的滿足。整日混跡在世俗紛擾汲汲都市中的人，目睹眼前這片大自然裡田園的美景，也會興起揮別都市俗塵，歸隱此鄉，做個靜聽燕語呢喃，閒看水鷗蹁躚，與世無爭的鄉野人。

的確，惟有「綠野幽趣」才會撣拂掉人的內心塵念，有顆達觀的心。

走在南迴公路上，一邊是巍巍的青山，一邊是浩渺的大海，山與海給南迴公路織就一片錦繡美景。

客運汽車那一扇扇視野遼闊的大玻璃窗，就是一幅一幅瞬息萬變的山水畫。

東臺灣古樸原始的風光在山中，絕崖峭壁，讓人敬服大自然的鬼斧神工。在海岸，亂石崢嶸，海水拍擊湧出飛珠濺玉的浪花。連那簡陋的舊厝，也有古蹟拙樸罕見的藝術之美。而那些合抱粗獷的老樹根盤鬚垂的蹲踞在路旁，告訴過往行人，它經過多少歲月而練就這副身架。

老樹，東部多老樹，這些老樹構成東部獨特的景致。在古老的鄉鎮路旁，老樹如華蓋。樹下也許有間簡陋的木板屋，也許是臨時支架起來的小攤販，賣香煙、賣檳榔、賣廉價的水果，也賣車票。一條長凳，那是鄉村人情味的候車座。汽車慢慢駛向樹下車站，嚼著檳榔的壯漢從容上車，揹著幼兒、提著重物的婦女上車，不必擔心沒有座位。

看過「樹廊」嗎？北京皇城裡的長廊，是人造的華美建築，而老樹搭聯起來的「樹廊」卻是可遇不可求的大自然傑作。

汽車走出臺東市區，越走人煙越稀少，但老樹卻越來越密集。車窗由亮麗變淡綠、濃綠，而後墨綠。路兩旁站著的是綠色衛兵——老樹，原來汽車進入「茄冬林道」。高大、枝葉茂密、幹粗根深的茄冬樹，樹樹相聯，攀搭成一個綠色天棚，造成了「樹廊」。車行其間，人車浴在綠光裡。行行復行行，遠方的出口由小漸漸變大，穿出綠棚隧道，又是天光雲影共徘徊的朗朗晴空。回首來時路，「綠棚樹廊」漸行漸遠，但那綠的感覺依然停留在眼眸前。

前人種樹，後人乘涼，衷心感謝種樹的「前人」，也寄望乘涼的「後人」保護這座「樹廊」，讓它天長地久。

看過麥穗成熟如黃金色的黃金麥田、晚霞夕照染成黃金色的黃金海岸，沒有聽說「金針山」，是產黃金的礦山嗎？

不是，不是，金針是植物，古稱「忘憂」，學名「萱草」，也是象徵母愛的花卉，更是營養價值豐富的食物，是臺東縣太麻里鄉的特產。如果在盛暑經南迴公路到東部，車子峰迴路轉繞著層巒疊翠的青山轉，沿著藍天碧海、一望無際的海岸行，乍見山坳間那片遼闊耀眼美麗的金黃，眼眸爲之一亮！識途老馬的乘客知道已經到了太麻里站了。

「曬金針」是太麻里鄉的季節景色。每年在八、九月間是採收金針的旺季，曝曬於日光下的金針，布滿鄉間道路，成了一條條的「黃金路」。猶如鋪著美艷金黃色的地毯，歡迎遊人來做客。而家家戶戶院子裡也添了「金針丘」，給那斑剝老舊的古厝增了幾分亮麗！

「金針」花給太麻里鄉增添彩色，也給當地人民增加財富，是深山裡的「黃金小鎮」。

人人都說臺灣沒有楓樹，看不到楓葉紅。只緣楓紅都在深山裡，不在紅塵展酡顏，臺東就有一個「紅葉谷」。

「紅葉谷」位於臺東縣延平鄉的深山區。乘車由臺東市出發，經初鹿村，過鹿鳴橋就進入山區，「紅葉谷」毗鄰鹿野溪畔。

這一路上，車子都在半山腰的山道上行走，山路窄，深山的產業道路崎嶇難行，有好幾處一邊是萬丈深淵的谷底，一邊是峭壁千仞的高山，車子彷彿在懸崖上爬行。但展目四周，風景美極了：居高臨下，遠山疊翠，溪河似帶，阡陌如繪，松風鐵橋靜靜橫跨在鹿野溪上。過松風鐵橋，遙見紅葉谷內鹿野溪兩岸楓紅竹翠，掩映著雲霧水光，好似一幅山水丹青，讓我憶起一首詩句：「青溪流過碧山頭，空水澄鮮一色秋；隔斷紅塵三十里，白雲紅葉兩悠悠。」正是描寫眼前景色的佳句。據曾來過紅葉谷的人說，谷底林木茂密蒼蓊，每當風過林梢，沙沙的樹葉聲，與溪水潺潺聲伴奏，聲調清幽，如琴如箏，這自然的天籟就是臺東十景之一的「紅葉溪聲」。

離松風橋不遠有個小村落，村落雖然是落後的山地村莊，卻大大的有名氣，是少棒的故鄉——紅葉村。

紅葉村居民多屬布農族，以耕種爲業。民風淳樸，民性和善，還保有山野生活的習俗，村人多赤腳，衣著簡單。在山路上遇見三兩村夫背負樹枝而歸，想必是三餐炊事的燃料。河溪畔依舊有浣衣婦用木棒槌洗衣服。

紅葉國校座落在一處山丘的平原上，據說當年操場上滿是石塊砂礫。愛棒球的孩子就在這座操場上，以木棍爲球棒，以石子爲棒球，以破布爲手套，赤腳跑壘，跑出一片錦繡天地，揚名國際。

八十二年十二月十八日《臺灣新生報》

夢繫舊情——

人多在經歷很多人生經驗後，才明白一些眞理。而人在長大成熟後，會失掉一些東西。

——摘自〈翠湖弦歌情〉

——[illegible]〈[illegible]〉

有群大夫[illegible]，含其[illegible]。

人多[illegible]人[illegible]。[illegible]。[illegible]人

[illegible]——

童年往事——趕集

古聖賢說「行萬里路，如讀萬卷書」，我一直也認爲流徙的生活，比老死株守家園的日子多彩多姿，且由於見多識廣，而能啓茅塞增智慧，更發現這個世界萬物的豐博。

生逢亂世，由九一八事變，到七七抗戰，抗戰勝利十多年，我由髫齡小女孩而成年，有十多年，驛馬不停蹄，足跡遍及中國大江南北。由終年山巔皚皚白雪的長白山麓東北，到西冷橋畔夏日柳浪聞鶯的江南；由天蒼蒼路茫茫，風吹草低見牛羊，遼闊廣漠的西北，到四季無寒暑，一雨便成冬，風光明媚的滇南。在奔波的歲月中，我雖然年幼，年輕無知，當時極少感觸。但上天給予孩童少年敏銳的記憶力，這些記憶隨著歲月在我腦中蛻變成常識，乃全智慧，使少讀書籍的我，半生中獲益匪淺。

民國二十九年春隨家人入滇，我剛讀高小，正逢日機發動對我大後方瘋狂疲勞轟炸，昆明日日有警報，不是「久留之地」。滇緬鐵路工程處負責人，爲了工作人員眷屬的安全，決定把她們安置在昆明與保山之間的祥雲縣。使深入不毛之地的工作人員，能安心的在滇西莽原中工作。

祥雲是個民風淳樸，風景優美的小縣城。有東南西北四個古香古色的城門樓子。街上鋪著晴天沒有塵土飛揚、雨天不會泥濘滿地、常年清潔如洗的大塊青石板。全城有四條青石板路，筆直的通向四個城門。站在城中間的十字路口上，可遍見任何一個城門。小城的居民過著日出而作，日入而息的簡樸日子。可是戰爭的震撼也波及了這個寧靜與世無爭的小城，我們這群「下江人」——當地人對外省人的稱呼——使他們平靜的生活起了漣漪，使他們那單調的歲月也有了變化。他們以看萬花筒般奇異的眼光看我們，我們也懷著新奇的心情來體驗當地的生活。

在小縣城住下來，發現這是個很富庶的地方。最能表現它富庶的時候，是「趕集」的日子。「趕集」是中國有些地方古老的交易方式，有一定的日期、地點。屆時買賣雙方都集合在這個地點，互相做買賣交易。小城還保持三天一小集，初一十五一大集的鄉俗。平常人稀車少的街上，到趕集的日子立刻人來人往的熱鬧起來。尤其初一十五的大集，熱鬧得像廟會，人群由四個城門外，絡繹而來。附近方圓十幾里內的居民，這兩天都要來採購半月所需的民生用品。

每到這一天，孩子的好奇心，促使我和弟弟們，天剛矇矇亮，就高興的坐在大門口。我們不僅高興今天有熱鬧可看，有美味可口的各種零食可吃，還高興這天學校放假。因爲「滇緬鐵路員工子弟小學」的老師們，清一色的是女老師。祥雲到昆明，坐大卡車要兩天一夜，當地師資又缺乏，良師難求，於是徵召員工們的太太、姐妹，或女兒們來擔任。校長由處長張海平的太太擔任（聽說我們的簡校長現在在臺北，算算已七、八十高齡了，無恙乎？），老師之中頗有龍鳳輩，有金女大的來屈就，有音專的校花教唱，最起碼也是師範生，人才頗濟濟呢。趕集那天，老師也要採購民生所需，於是我們就賺得了例外的假日。

我們姐弟排排坐，像五隻小呆鵝坐在大門口石墩上。我家租住的民房，據說是清朝一位舉人宅第，兩進的大院子，石獅子把門，高門檻、闊大門，畫樑雕棟，很是氣派。房子座落在往東城外必經的大路旁。坐在大門口，城裡城外過往行人看得一清二楚。

聽，吱吱呀呀的聲音漸行漸近，還未見影先聞其聲，那是獨輪車，當地叫雞公車。車只有一個輪子，人推著走時，發出吱呀之聲。我們第一次看到獨輪車，好羨慕車上坐著的小男孩，他坐一輛會叫的車子。

第一次看到「大脖子」女人，也引起我們的好奇心，爲之起爭論。滇境的鹽內缺少碘，長久缺乏碘，使得女人容易得甲狀腺病，很多中年女人脖子下掛著一個大肉囊，就是腫瘤，走路一顫一顫的。後來我家請的女傭人，也是一個大脖子，除了飯量奇大，一切正常，大概是屬於良性瘤？

我們最喜歡看的是「苗女」。雲貴山區多住苗女，苗族的女孩子都生得很漂亮，大眼如秋水，高鼻，膚色微棕，秀髮似墨如漆般黑亮，身材健美婀娜多姿。她們的服飾也很醒目，上身穿繡著五彩繽紛的花邊短褂，下面是同樣的裙子，赤腳穿草鞋，梳著及腰的大辮子或雙辮子。苗人無論男女都有一種本領，頭可以負重物。常見苗人頭上頂著一隻有布帶子的筐籮，布帶子套在頭的天庭上，竹筐籮裡放著東西，來去自如。

小毛驢也是我們眼中的稀罕物。毛驢是北方常見的家畜，只是我們久住都市，難得一見這以忍辱負重著稱，常年供鄉人驅使的良獸。在雲南，毛驢也是鄉間山道的主要交通工具，馱貨物、供坐騎。有的主人大概也視牠爲寵物吧？還刻意的爲牠修飾打扮一番，兩耳之間的額上配掛著彩穗，脖子下垂著一圈銅鈴，走起來得得蹄聲，叮噹鈴聲，聽得我們悠然神往，恨不得讓母親也餵養一隻小毛驢。

當然，雲南的毛驢並不全被主人倚重寵愛的。在北城門附近一處廣場，就有一個驢馬市，每到大集日，常有待價而沽的驢馬聚在廣場上，供人品評。兒童對動物最有興趣，還是稚齡的么弟，常賴在廣場上不走。我牽著他的小手，也以好奇有趣的心情看大人們交易——

他們不用語言，而用手勢，像聾啞人用手語一樣，手藏在衣袖中比劃著討價還價。然而在長大成人後的歲月中，每一憶及這段童年往事，印象日益深刻的，不是那獨特的交易方式，而是那待價而沽的驢馬的神態。人說動物也有靈性，這些驢馬是否已知失去舊主的眷愛？新主未卜何人，未來的命運堪虞，已不像披穗掛鈴時的意氣風發，而是垂首默無歡顏悄然呆立。有的還有幼驢在旁，不時與母驢依偎廝磨。母驢也舌舐鼻觸頻頻，眼中彷彿淚汪汪。當年年紀小，而今才知母愛是所有動物的天性，老驢是否已知道母子永別在即，依依不捨舐犢情深啊！

「殺牛」，也是大集日偶爾得見的新鮮事。其實是很少見的，因爲小縣城裡的居民多不吃牛肉。中國人以農立國，自古以來牛就是耕農的得力助手。我們的鄉村人都知道「盤中粟，粒粒皆辛苦」，牛爲人類的口腹已一生辛勞，中國悲天憫人的民性及道義之心，不忍冉食其肉。因此被殺的牛，都是老病日久，牛主不忍見牠受老病的折磨，花錢請屠牛者讓牠「安樂死」。老牛臨受「死」禮之前，先被放倒橫臥，頸項上覆一層厚厚的稻草，稻草下面的脖子上早已暗藏著鋒利的匕首。牛在死前恐也有所感吧？發出嗚咽般的哀鳴，眼中流著淚水。屠夫殺時，走上前，雙手合十默拜後，伸手刀落，殷紅的鮮血，泊泊染紅稻草，利落準確的完成任務後，立刻離開現場，自有人來善後。牛，閉上了眼瞼，腿伸直，靜靜的去了。

圍觀的人也悄悄的散了。么弟小小的心靈大概感染了悲愴，他邊走邊回頭，臉上流露著童稚的哀傷。事實上，我們也只看過這一次殺牛。因爲事後被母親知道，我挨了一頓責罵。她不准小孩子看這種殘忍可怖的戮殺事情。而我們也沒有興趣再看。

我們最感興趣的，還是口福的享受。「趕集」時，母親忙著採購，對我們也特別慷慨，給的零花錢較多，於是我們大飽口福。至今難忘那酸甜可口汁多的火把梨。甜如蜜，大如飯碗的蜜桃。透著琥珀色，又甜又脆的紅蘿蔔。皮薄肉白，又脆又甜的地瓜。香甜的松子。皮薄肉多的核桃。還有一種臭梨，臭得使人掩鼻而過，但只要吃一次，就會上癮，嗅臭食指大動。無獨有偶，前年到東南亞，在泰國第一次嘗到名聞遐邇的「榴槤」，立刻想到祥雲的臭梨。祥雲還有一種他處未見過的奇果——仙人掌果。至今奇怪，祥雲不是沙漠地帶，但此地的仙人掌卻很多，都是野生，長得又大又茂盛。春天在掌緣上開花，花黃色，單瓣，形如酒杯，遠看又像一隻隻停在仙人掌的黃蝶。花落後結蒂，初夏就結成綠色有刺的果子，大小似蕃石榴。因爲果身有刺，摘採時要用竹桿繫鐵鉤攀鉤，然後用小刀剖開果皮。果肉白色，有小粒子兒，肉細嫩，味甜清香。在東北傳說仙人掌六十年一開花，六十年一結果。仙人掌開花結果是吉祥事，吃了仙人掌果會增壽添福。而祥雲滿山遍野，年年可見仙人掌開花結果，大人不屑一顧，只有小孩子當野果子摘來吃著玩。

有人說年紀越大越喜歡回憶，是否年華日漸老大，兒時歲月的點點滴滴，出現在記憶中日漸頻繁。三年前應一份家庭月刊之邀，寫了兩年關於菜市場種種的專欄。兩年我走遍臺北較有名氣的菜場、超級市場。連到東部渡假，都抽空去看當地最大的魚市場。到泰國特地玩了水上市場，作了筆記。在我遊覽時、採訪時，雖然驚訝世界萬物的博盛，但總覺得中國大陸才是最富庶的。然而大陸陷匪三十多年的歲月中，共匪禍國殃民的行徑，不僅使民不聊生，也使富庶之地淪爲貧瘠。日前看電視上四川水災的傳眞影片，那淒涼、那貧窮，尋不出半點有「天府之國」之稱的富庶形象。川滇緊鄰，我不敢想舊遊之地，不敢問：「故人舊地無恙乎？」

如意玉戒

這些年忽然流行戴玉飾，很多女士把「玉飾」視爲最愛，戴玉戒、玉鐲，掛玉墜玉牌。我有位閨友愛「玉」成癖，戴玉飾，收藏玉器，還研究如何鑑別玉的眞假品質，儼然是位玉石專家了。

我也隨著流行，把我那惟一的一隻鑲玉戒指由抽屜裡翻出來，遇有喜慶宴會的應酬戴起來，有幾次還挺引人注目的。

我這隻鑲玉戒指上的玉，說起來大有來頭的。

記得是在抗日戰爭勝利的前一年，那時我家住在雲南祥雲。祥雲是滇西的一個小縣城，買賣生意還保有「趕集」的古風，每個月到了農曆的初一、十五兩天，祥雲縣城外的居民，都到市區來「趕集」，做生意的，買賣東西的，平日冷清的小城市區裡變成了鬧市，人擠人，地攤遍地，販賣驢馬的馬市人馬齊聚，還在讀小學的我最喜歡這一天。因爲孩子們都要幫忙父母看家，或做跟班，所以這一天學校也放假。我可以跟著母親去「逛」集，看熱鬧，替母親提東西。

滇西一帶是窮鄉僻壤，散住很多少數民族的苗人、猺人、擺夷。在市集上會看到很多他們的土產、手工藝品。如苗人做衣服的繡花花邊，手工精緻，色彩鮮豔。土燒的瓷器古拙，造形奇特。其中較貴重的是些玉石。

有一次母親站在賣玉石攤子前，欣賞那一排排粗糙的璞玉，和已經琢磨過漂亮的玉，賣玉的老頭指著一堆三粒綠色的玉說：

「太太，這是大理的翡翠玉，質地色澤都好，我便宜賣，買去鑲戒指，戴了避邪，能帶來好運。」

母親拿起來反覆把玩一會，又放回去。

回家後，聽母親和祖母談那粒玉：「綠得水淩淩，不會是假的，不過在這個兵慌馬亂的時候，買來做什麼？還是留著錢逃難時用吧。再說，在這個小城戴玉戒給誰看？」

「下次你和他講講價，要是便宜就買了。在咱們東北老家時，就聽說雲南玉很珍貴的，前清時在宮裡的進貢品中才看得到。想不到這輩子咱們會到雲南來，就買粒玉回去做紀念吧！」祖母卻心動了，感慨的說。

我家是旗人，旗人一向視「玉」是吉祥物，說能避邪、通靈，常佩戴能化險爲夷。還教母親如何鑑別玉：「你把玉貼在臉頰上試試，溫溫的就是好玉。」

再一次趕集，母親又帶我們到賣玉的攤子，拿起一粒玉放在臉頰上貼來貼去的試著。賣玉的老頭在一旁鼓其如簧之舌，老王賣瓜自賣自誇一番，雙方討價還價一陣子，母親竟然很大方的把三粒翠玉都買下來。回來對祖母說：「大概那老頭兒想只有咱們下江人（當地稱外省人）才會買這些玩意兒，乾脆便宜賣，賺幾文。這三粒玉將來給三個丫頭鑲了戒指做嫁妝，也是件稀罕物兒。」

那時大姐在昆明讀初中，我讀小學，小妹還在懷抱中。

不久，原子彈投向日本廣島，日本投降，戰爭結束，我們搬回昆明。一直狂飆的金價也下跌，母親把三粒翠玉鑲了一式一樣的三隻戒指。碧綠的翠玉，配上金黃的戒托，有紅花綠葉之美，耀目高貴。

我結婚時正值青春年華，一雙年輕的手，被母親縱慣得從不做粗活，白嫩細柔。戴上這隻玉戒，外子看了悄悄的在我耳邊說，他說讓我一生的日子過得無憂無慮，永保有一雙美麗的手。

世事難以逆料，到臺灣後我倆都是窮公務員。我公私兼顧，那個年代還沒有家電等諸般能爲主婦分勞的器物，全靠主婦的一雙手煮洗。玉戒只有僕婢環繞，十指尖尖賽玉葱的貴婦才配戴，很多年我都把它壓在箱子底。而我那成爲灶下婢的手，家事操勞，歲月侵蝕，也青筋隱隱，不再美麗。

玉戒雖然束之高閣，但它發揮了另一種價值。那年大女兒考上衛理女中，是頗負盛名的學校，校址在外雙溪，必須住校。該校有些貴族學校派頭，衣、宿用具要求整齊劃一。加上昂貴的學費，在那個年代，對一個七口之家的公務員，委實是個沉重的負擔。但我依然讓女兒入學，我把玉戒送進當鋪。另一次我住院胃部大手術，它又一次進了當鋪，康復後公家的醫療補助費發下來，才把它贖出。

我所以讓它進出當鋪，而捨不得賣掉，倒不是因爲它的光彩形貌。而是因爲它是我惟一從娘家帶來的東西，想到母親買它時的情景和心意，我總覺得冥冥中它負著母愛伴我走天涯流浪海角。我雖不迷信它避邪通靈，但在困難時，它的確爲我解決了一些難題，讓我覺得它是吉祥物。

前年回去探親，母親的生命已被歲月推向人生盡頭，神智常是恍恍惚惚，該記得的都忘了。惟有看到我手上戴的這隻玉戒指，眼神一亮，聲音微顫的說：「那不是我在雲南給你們鑲的玉戒嗎？」

「是啊，媽媽，它是我的傳家寶，將來我要給你外孫媳婦。」因爲我內心認爲它附帶著親情之愛和祝福，它是我心目中的如意玉戒指。

八十年二月十六日《中央日報》

青春少年遊

昆明有很多名勝。城內有翠湖公園、圓通公園。五華山，山不高，但據傳明末永曆帝桂王曾居於此，桂王被吳三桂俘獲，處死於山後，後人稱此處爲逼死坡，後改稱「蓖子坡」因而著名。城中有護國路，是當年蔡鍔護國起義的地方。城東有金馬碧雞坊，全是大理石建造的，巍峨氣派，是中國傳統的藝術建築。城外有大觀樓、滇池。再遠一點有黑龍潭、石林。

翠湖公園離我就讀的學校——昆明市立女中很近，在五華山麓。有一陣子星期六下午沒課，我們五個人提了書包瀟瀟灑灑去逛湖。

班上同學稱我們是死黨，我們自封爲金、木、水、火、土五俠客，平常不呼名，以綽號呼之。

俗語說，物以類聚，交朋友更應如此，氣味相投嘛！事實上我們五個卻反常態，不同的個性，不同的觀念，還有些特立獨行的行爲，我們自詡爲「不俗！」而且籍貫也不同。

大眼睛：雲南楚雄人，家境不錯，父親做過縣長。人聰明，功課、歌唱、體育、口才樣樣拔尖。人也漂亮，是班花，以有一雙美目得名。

老咪：昆明人，忘記了爲何叫她老咪，她並不老，和我們一樣是黛綠年華的少女。只是有點婆婆媽媽，對我們四人關心過份顯得嘮叨而已。她常數落傳達口無遮攔得罪人，這時傳達就叫她「老太婆」。她是標準的雲南人，家裡開茶館，在東寺街，金馬碧雞坊附近。我們常到她家去吃她母親的拿手美味「火腿炒年糕」打牙祭，油油久不知肉味的五臟廟。

老咪寫得一手漂亮的字，自然捲髮，高䠷個兒。

傳達：雲南蒙自人，土財主的么女。蒙自那時民風保守，她是鬧家庭革命，才爭得「單身女孩赴省城求學」的特權。不過她私下透露是「逃婚」！躲她從小家裡給訂下的未婚夫，她發誓一輩子不回去！人聰明能幹，鋒芒外露，口不饒人，常惹人厭。功課不怎麼好，娃娃說她每天忙於爲我們探消息傳情報，是稱職的「路透社」，自然沒有時間讀書了。的確，她消息靈通，舉凡校內校外諸般大小新聞，她總是搶先「獨家報導」。長相不漂亮，五短身材，四方臉盤，闊嘴，女強人相。心地卻善良，喜打抱不平。

娃娃：廣東中山人，是我的同座，我倆是不打不相識論交的。我是轉學插班，第一天上課，老師把我塞到她身旁的空位上。我靦腆地向她微笑表示好感，她卻木然的睜著一雙雖小卻有光芒的眼睛冷冷打量我，然後把一隻鉛筆盒直放在我倆共用的課桌中間，明擺著畫線爲界嘛！哼？有什麼了不起！我也拿出鉛筆盒依葫蘆畫樣擺上去，重重的放，給她顏色看。她噗哧的忍俊不住態度緩和，我依然冷若冰霜。「怎麼！眞生氣啦？」上課時她悄悄的遞來小紙條。「東北的驢子，倔把頭！」我寫回去。「東北人？我是廣東人。天南地北嘛，有緣千里來相會啊！」紙條又過來，化戾氣爲祥和。從此兩人常針鋒相對的耍嘴皮子，打筆墨官司，樂在其中。

娃娃是個天生的幽默人，平常話不多，冷冷的神態，抽冷子說出一句諷人話，會令人噴飯！她生得一身好皮膚，白嫩粉紅，像嬰兒。笑起來如玉貝的牙齒，好可愛。我們暱稱她「娃娃」。娃娃其實很堅強，和姐姐遠走異鄉求學，姐姐在雲南大學讀書，兩人都是公費生。那時凡是離開淪陷區家鄉父母，舉目無親的流亡學生，政府一律給公費。免伙食，免學雜宿費，每月還發少許零花錢。

我是遼寧鐵嶺人，那時梳兩條大辮子，大夥就叫我辮子。有時叫我「東瓜美人」，說我長得像當時的電影明星「周曼華」，她就叫東瓜美人，因爲生就一張橢圓的胖臉。

我們五個人雖然是天南地北，生長在不同地方的人，而且大陸幅員遼闊，卻因爲戰火，而萍水相逢，成了桃園之義的同窗。不僅共讀共遊，還互助互慰。譬如傳達、娃娃和我住校，大眼睛、老咪常常帶些私菜來給我們打牙祭。那時學校伙食不好，八寶飯有砂有石有草根。白水煮白菜，無油無鹽的素炒黃豆芽。每月伙食結帳時有餘錢，才買些肉皮白肉煮白菜豆腐。對同窗好友帶來的肉絲炒雲南大豆菜，豆豉辣子炒火腿，視爲山珍海味，太平洋戰爭爆發，娃娃生活費靠香港轉匯，香港一淪陷，娃娃和姐姐生活成問題，在公費還未批准時，大眼睛商得她母親同意，悄悄的資助她們姐妹。

吃的伙食差勁，穿的僅求遮體禦寒，好在昆明氣候四季如春，一件旗袍一件外套或毛衣就可以過一冬。愛美是女孩子天性，我們那時談不上「流行時裝」，但也會用巧思巧手在毛衣和藍旗袍上變變花樣。陰丹士林布的旗袍鑲上一道花布邊，一件毛衣常常織了又拆，再織新花樣。縷空花，用碎毛線繡花。平肩的，也流行過一陣子墊肩的，所以我練就一手織毛線的手藝，也會裁旗袍做旗袍。後來到臺灣，那時有錢也買不到成衣，孩子的小西裝都是我自己做的。化妝打扮談不上，刷牙用牙粉，洗臉用藥皂，有一瓶美國製的「胖士」面霜就很豪華了。可是天生麗質難自棄，(青春就是美嘛！)沒有錢燙髮，用電線捲髮梢。週末出去看電影穿上有花布邊的藍旗袍，繡了胸花的毛衣，擦了同學的「胖士」，用紅紙舐濕淺點櫻唇，照照鏡子倒也「鉛華不御得天眞」有種樸素之美。惟有露後跟和腳拇指的襪子不能讓它「空前絕後」，補縫又補縫。鞋子穿得底兒穿洞，只好讓它「腳踏實地」了。那時誰要穿一雙輪胎底的皮鞋，會羨煞很多人呢！

我們那時玩不起「烤肉」、「郊遊」。星期假日逛不花錢的公園，看半價學生票電影，吃碗米線就是最大的享受了。電影票很便宜，有時五個人星期日趕四場，「亂世佳人」、「魂斷藍橋」看好多遍，迷克拉克蓋博、泰隆寶華、羅勃泰勒迷得要死，買了他們的簽名照貼在寢室牆上。另一個消遣就是看小說，我是小說迷，有時間就泡在圖書館裡看小說。不喜歡的課課本下永遠蓋著一本小說，晚上熄燈號吹過，我常被訓導主任站在樓下喊：「×××！又是你在偷看小說？」因爲手電筒的光亮透出窗外。他是大男生，臉皮薄，恨得牙癢癢的不好意思上樓到女生宿舍，大家都睡在被窩裡了。不過我那時的確看了很多名著，這大概是我日後走上寫作路子的原動力吧！

我們那時貪玩，也很調皮，喜歡和老師惡作劇，給老師起綽號。如教物理的老師有一位是西南聯大的學生，膽小臉皮薄，上課不敢看我們。傳達常促狹問他一些怪問題，他會羞得滿臉通紅，我們叫他「大姑娘」。地理老師長了一張「鞋把子」臉，我們稱之爲「四川盆地」。英文老師微麻，大家稱他是「麻婆豆腐」。只有化學老師，兇得很，上課每個人揪起來問方程式，不會嗎？和他一樣在講臺上站著。講臺上沒地縫可鑽，那滋味過來人都說「好恐怖」！我們稱他是「閻羅王」。他年紀輕輕，是聯大高材生，長得還算英俊，但我們保證他一輩子打光棍，娶不到太太。

黃連樹下彈琴，苦中作樂，就是我做學生時的生活。那段歲月對我影響很大，使我後來面對人生時，任何苦難和貧窮都擊不倒我。

弦歌不輟，以校爲家

在中國近代史上，西南聯合大學和流亡學生很具時代性，因爲兩者都是中國戰亂時代獨特的「產物」。

國立西南聯合大學，簡稱西南聯大，是中國北方三大學北京、清華、南開，在中國對日抗戰時，學校爲避戰亂使莘莘學子弦歌不輟，在戰時的大後方重鎭——昆明成立的聯合大學。

西南聯大有三個特色，一個是「窮」，學校窮，教授窮，學生窮。一個是名師濟濟，由於三所大學都是北方名校，名教授也多，如朱自清、查良釗、潘光旦、沈從文、聞一多等等，堪稱大師雲集。一是百分之八十的學生都是追隨學校，離鄉背井別親人，以校爲家的「流亡」學生。

西南聯大的流亡學生讀書生活，幾全靠公費支持，稱之爲「貸金」。政府在戰亂頻仍，國庫艱困中依然照顧國家未來的棟樑，使後來的社會人才輩出。但僧多粥少，沒有家庭經濟支援，吃住不成問題，卻與「窮」結了不解緣。所謂窮則變，那時西南聯大的學生生財之道是兼職，課餘賺些日常花費。最流行的是「兼課」，到昆明各個高初中學校裡謀個教職。

筆者初中讀的「峨岷中學」校址在拓東路，與西南聯大工學院毗鄰。近水樓臺，教我們班上數學、英文、化學，幾全是工學院的學生。也有文學院的學生教我們國文歷史的，三月二十五日「長河版」姜穆先生的「文海鉤沉錄」中提到的劉北汜是我們國文老師。

峨岷中學和西南聯大工學院校址都在迤西會館裡，院址佔地遼廣，兩校有個月洞門互通。我們幾個走讀的小女生，早上遲到怕誤了升旗挨罰，常抄近路走工學院大門，穿月洞門到操場。久而久之常會遇到老師們，大學生還是個大孩子，沒有「師道尊嚴」的觀念，看我們行色匆匆嘰嘰喳喳，還逗我們，糗我們，因而師生能打成一片。有時下午放學早，我們還結伴到工學院找老師聊天。

西南聯大的讀書風氣是不死讀書，讀書不忘救國，學風蓬勃有朝氣。課外社團如雨後春筍：文藝、新詩、話劇、音樂等不勝枚舉。工學院就有一個平劇社，他們公演彩排，老師也邀我們去捧場，或客串鼓掌叫好的啦啦隊。記得有次演「蘇三起解」，工學院一向陽盛陰衰，女生小貓兩三隻，所有角色都由男生飾演。反串「蘇三」的男生嗓音甜脆，扮相俊美。我們班上女同學阿坤迷死他，朝思暮想要一睹廬山眞面目，在工學院門口躲躲藏藏站了好幾次崗。後來經人指點，原來是個金魚眼，厚嘴唇，還有點駝背的矮男生。阿坤大失所望，給他起個綽號叫「金魚眼」。

當年年紀小很調皮，進進出出工學院，看到形象怪異的學生就給起個綽號，一位每天都遇到的男生，總是獨來獨往，永遠于思滿面，經常一襲洗得泛白的安安藍長衫，腳登美軍大皮鞋，我們呼他「老夫子」。其實他長得挺拔俊秀，只是他的名士派掩蓋了他的俊美。工學院好像只有兩個女生，焦孟不離同出同進，兩人面貌不怎麼樣。其中有一位雖然有女性的嬌柔，但一臉大麻點，我們叫她「滿天星」，還替她們倆發愁嫁不出去。誰知後來「滿天星」身畔換了位護花使者，這位男士長得蠻有氣派的。尤其一些體貼的小動作，讓我們這些未曾嘗過戀愛滋味的小女生羨煞。

西南聯大在昆明是最高學府，學生又在各校任教，對當時的文教界和學校風氣很有影響力，學生最喜歡的消遣和活動是看話劇聽演講。同學們常不辭路途遙遠，由拓東路步行七八里到大西門新校舍去看演話劇、聽演講。「日出」、「雷雨」、「野玫瑰」看得我們如癡如醉。林語堂到昆明在聯大新校舍演講座無虛席的盛況，潘光旦激昂慷慨的演講，聞一多學者風範，至今回憶如在目前。而教我們的幾位老師也使我難忘，劉北汜老師是其一。

劉北汜，吉林延吉人，東北流亡學生，當時就讀西南聯大歷史系三年級。記得第一次上課時，他在黑板上寫了自己的名字自我介紹：「我叫劉北汜，不是劉北『氾』，吃飯的老師。」逗得大家嘩笑。

劉師當時是所謂的「青年作家」，推動新文學不遺餘力，教課本上的課文少，選教課外文藝作品多。對三十年代東北作家推崇備至，他介紹蕭紅蕭軍的作品，對二蕭與魯迅許廣平夫婦二人交往情形娓娓道來，引人入勝。他與當時文壇上的知名之士李廣田、何其芳、靳以時相往來。並請聯大的教授來校演講，潘光旦教授是第一位，操場的地上坐滿了人。

當時共產黨倡「國共槍口一致對外」的抗戰政策，得到政府信任，卻暗中派遣所謂的「職業學生」混入各校搞文宣活動，蠱惑學生，學校師生思想左傾成了風氣，乃暗中煽動學潮，後來有震驚全世界的「一二、九」昆明學潮。那時參與的同學被稱爲「民主鬥士」，老師之中也有了「民主人士」。很多同學罷課遊行，有些老師言語偏激。但劉北汜老師卻以一貫溫和的態度教課，只談文學不談政治。記得潘光旦教授演講時，曾苦口婆心的告訴青年學子：「青年朋友，熱情有餘，理智不足，由於對現實認識不清，常會有盲目的衝動。我勸大家要有獨立的人格，獨立思考的能力，不要盲目參加黨團，像我就是獨來獨往。」當時同學們曾會心哄笑。因爲潘教授因踢足球傷足，鋸斷了一條腿。由於道不同不相爲謀，被左傾派汚衊爲「獨脚獸」。劉師很崇拜潘教授，大概受良師的教誨，才躲過政治的迫害。

歷史的長河流過歲月，往昔的時代已遠逝，昔日少年今白頭。去歲曾回昆明到初中母校探視，景物全非。舊校址已被工廠佔用。工學院雖然仍完整也非舊時貌，如果與劉師相見，恐怕也是「對面不相識」了。

「板蕩見忠臣」，西南聯大時代雖已結束，但中國讀書人在苦難中那份艱忍、從容、氣節、無私的奉獻，青年人爲理想奮鬥的熱情，師生間亦父亦師亦友亦手足般溫馨之情，在歷史的册頁上添上足堪爲後世楷模的一頁。

八十二年五月一日《中央日報》

翠湖弦歌情

朋友自大陸旅遊歸來，告訴我她此行去了昆明，遊了「翠湖公園」。霎時，昔日翠湖風光湧向眼前。四十年的睽別，故地風光依舊否？昔共遊的窗友無恙否？

羈旅異鄉，搬遷頻仍，舊物舊帙多失散。惟有一本紀念册保留至今，裡面藏有昔日師長同窗手跡，學友倩影。有幾幀照片的背景都是翠湖公園景色，美景前是大眼睛、娃娃、老咪、傳達，和被喊爲辮子的我，五個班上稱爲「死黨」勾肩搭背的合影。

「翠湖公園」在昆明市區內，湖泊小橋，老樹繁花，滇省四季無寒暑，園裡終年碧翠照眼。湖中可以泛舟，夏天湖面涼風似水，秋天湖裡菱角浮萍爭茂。划著小舟穿梭浮萍葉叢中探採紅菱，如一幅詩情畫意的湖上採菱圖。湖中央的湖心亭，是觀湖景的好地方。小販供茶水、閒食。買一盃茶、一碟瓜子兒，品香茗、嗑瓜子、看湖光、聽欸乃，且暫拋紅塵俗事，逍遙片刻。

我們常做翠湖公園遊，不是愛那兒的湖光瀲灩的景致，那幽靜寧詳的天地，而是翠湖公園距離五華山很近，我就讀的昆明市立女子中學，就在五華山山麓。隔一陣子，在週末下午沒課時，吃了午飯，拎了書包，蹓到園中來洗滌娃娃說的「滿身的書塵書酸味」，輕鬆輕鬆。

「少女情懷總是詩」，只因少小不懂煩愁人間諸般事。到了公園裡，把功課上的難題也暫且拋諸腦後，五個人擠坐在老樹長椅上聽蟬鳴說夢想。興起時租兩隻小划子繞湖一匝，小划子只能坐兩個人，五個人猜拳，最後輸了的人坐在中間當「黃魚」，兩隻划子遙遙相隨，潑水打水仗、對唱採菱謠，有時坐在湖心亭，每人一盃普洱茶，一碟葵瓜子，聊到暮靄落向湖上。

我們那時沒有升學壓力，老師說，只要上課用心聽，習題按時作，晚自習常溫習，考上西南聯大沒問題。我們學校的老師很多是西南聯大來兼課的學生，這話是我們的定心丸，五個人不做書蠹蟲，課餘編壁報，點子題材都是在湖心亭喝茶嗑瓜子想的。學校有慶典，我這個班上的學術股長就找劇本，請同學們發揮天才演話劇。排演時常是在星期天一大早到湖心亭，對劇詞、走臺位。後來昆明學聯會公演話劇，綽號「奎寧丸」的同學，還被網羅去當第二女主角。

那時西南聯大在昆明是最高學府，人文薈萃，名教授濟濟，學術風氣很盛。但校址所在地卻分散四處，尤其在大西門外新校舍的文學院風光最具特色。新校舍是抗戰時標準的「克難建築」。因爲學校窮，校舍一律是茅草屋頂，土泥巴爲牆。外表看來一排排很有古樸的詩情畫意，像國畫裡的茅舍。但住在裡面的老師卻瀟灑的告訴我們，外面下大雨，裡面下小雨，他們撐起雨傘來睡覺，也很香甜。工學院在東門的「迤西會館」，東西門相距甚遠，工學院的學生到文學院去看女朋友，稱「馬拉松」，而文學院的女生到工學院會男朋友稱「松拉馬」。那時昆明市區內沒有公車，人力車是有錢人坐的，窮學生爲愛情，只有安步當車，無怨無尤的長途跋涉。

我們五個人也常爲了興趣，和趕熱鬧，長途跋涉步行到新校舍聽名家演講，聽學生們舉辦的詩歌朗誦，和看話劇。到工學院聽學生「清唱」平劇。我們的大代數老師唱得一口好青衣，他長得一張瘦長臉，兩隻吊梢眼，望之威嚴。有一次公演，他扮蘇三，上妝後美得如古典美女，我們給他起個綽號叫「大姑娘」。

每次翻讀紀念册，看到校長的贈言，就會想到五個人編壁報的事。有一學期心血來潮，我們編了張小型壁報，一週刊一次，壁報名字叫「語絲絲」，娃娃起的。她那時正迷魯迅、許廣平的「兩地書」，及蕭紅、蕭軍的作品。壁報叫座，我們五人成了校園裡的風雲人物，很自我陶醉了一陣子。不久江郎才盡，悄然劃下休止符。

因爲壁報的知名度，校長注意到我們五個人。有一次下課後，我們坐在校園裡聊天。遠遠見校長踱過來，笑瞇瞇的和我們搭腔說：「你們的文筆都不錯，但是現在還是以學業爲重，等長大了再寫文章。」那時我們的壁報已停刊。後來抗戰勝利，我隨家人回東北，臨離學校前，捧了紀念册到校長室，請留幾句嘉言。在紀念册上他寫下：「寫在紙上的思想，不過是印在沙粒的行路人的足跡。人們雖然可以因他而明知道前人所取之道路，但行路人爲行路及觀望前面風景起見，是必須使用他自己的眼睛的。」——錄叔本華語以贈。

當時對這段話，我似懂非懂，而今紙張泛黃，紅印已淡褪，我的雙鬢染霜，才體會出校長諄諄教誨之情。

的確，人多是在歷經很多人生經驗，才能明白一些眞理。而人在長大成熟後，會失掉一些東西。我常想，少年時因爲懵懂，我很快樂。因爲單純，能交到知心友。因爲熱情，不寂寞。因爲喜歡跟著潮流走，每天日子都新鮮快樂。而今當年的少年情懷也不再有。

最近我將有大陸行，行程中安排了昆明。人生福禍難卜，歲月流走青春，也會帶走純眞。我不知道我將能見到誰，誰又願陪我重遊翠湖，共憶昔日弦歌情？想想，不由得有些近鄉情怯……。

八十二年七月《中央日報》

烽火遍地弦歌輟

家住和平東路，每次出街經過師大，見那往來穿梭附近，洋溢著青春風采的師大學生們，總是不勝羨慕。恨不時光倒流，重做黌宮學子，以償我那未完成的夙願。

讀大學，是我從小就立下的志願。記得讀初中時，學校座落在昆明的東門拓東路，和西南聯大的工學院毗鄰，還有一個月洞門互通往來。而且我們學校的老師，有一大半是西南聯大的學生兼任的，如數學老師是航空系的高材生，國文老師是文學院的知名人物，是當時小有名氣的青年作家。另外化學老師、英文老師都是西南聯大的學生兼任。當時西南聯大的師才、生才濟濟是有名的，學生的窮也是有名的。流亡學生嘛，吃學校、住學校，公費也僅是戔戔之數勉強夠零用，所以學生們大多是副窮酸相。我初入學時是走讀，早晚都路過工學院。有時偷懶走捷徑，就由兩校共有的月洞門穿過，直接到我們的校園裡。出出進進常遇見兩位惹眼的學生，一位是女生，雖然眉清目秀，可惜一臉的大麻點，我和同學們給她起個綽號叫「滿天星」。她永遠獨來獨往，不修邊幅，常年一件藍旗袍、黑布鞋。聽說她是教授都佩服的高材生。另一位男生，常年于思滿腮，一件安安藍的大褂，袖肘處都打了補丁，腳上是雙鯨魚頭的美軍大皮鞋，一副落魄不羈的寒酸相。儘管如此，那時中學生考大學，莫不以考上西南聯大爲榮。對當地的雲南大學，和另一座中法大學都不屑一顧。我因近水樓臺，認爲畢業後考西南聯大是理所當然的。而且有把握必會名列榜上。

可惜，我高二那年抗戰勝利。等我高中畢業，西南聯大已復員北返。清華、南開、北大拆了夥，各自復校，我只好嘆生不逢辰了。

回想我在求學的道路上，的確是生不逢辰，多波折。我是東北人，生逢亂世。由九一八事變到七七抗戰，勝利後的戡亂，這段時間正是我求學成長時期。可是由於逃難東搬西遷，生活極不安定，足跡遍及大江南北，及西南高原。讀過的學校有十多座，由半學期到一兩年，休學是常事，考學校堪稱身經百戰的老考生。所幸小學、中學在時斷時續中完成，唯有大學半途而廢，至今引爲憾事。

我在三十五年考進瀋陽東北大學的工學院。東大是瀋陽最大，歷史最悠久的大學。抗戰時曾遷往四川三臺，勝利後遷回瀋陽。東大的校舍位於瀋陽城外的北陵。北陵是清太宗的陵墓，周圍遼寬，老樹參天，夏天葱鬱蔭翳，風景優美。東大的校舍也非常宏偉，尤其散落在校園四周的教授新村宿舍，都是紅瓦白牆的西式小洋房，在綠樹掩映中，更襯托出它的幽靜，是教授授業之餘，研究、住家的理想地方。

勝利後，由於日本失信，阻撓我接收工作，使得早已虎視東北的蘇俄得機鳩佔鵲巢。其後又和共匪勾搭、狼狽爲奸，東北雖然光復，卻一直處在赤禍魔掌陰影下，時局動盪不安。我考進東大時，正值國軍和匪軍在東北各地進行拉鋸戰，報上每天都有戰事的消息。不是長春、四平圍城大戰，就是「八路」扒鐵路，鐵路被破壞，火車不通。全東北的人民，可以說都生活在戰爭的邊緣，時時草木皆兵。「疾風知勁草」，處於這種非常時期，中國人臨危不亂、鎮靜的工夫就顯出來了。我很佩服學校當局，尤其佩服我們的教授們，在烽火連天中，卻能「處驚不變」，沉著的陪我們上課下課，弦歌不輟。不但如此，三十六年寒假，我們俄文班的照常上課。因爲勝利後，在中蘇友好條約下，我們工學院有兩系——機械和紡織，畢業後可保送蘇俄進修。爲了搞通俄文，全校都放假了，我們這兩系學生依然到校上課。

我們上課的地方，是在距漢卿樓不遠的一棟木樓裡。樓上是教室、職員辦公室、教授休息室，和女生宿舍。樓下是男生宿舍、廚房，和校工廚子的住處。東北冬天的天氣很冷，普通人家十月中就開始生上火爐，機關學校最遲十月底也要生上爐子。勝利後，時局不靖，一切建設都沒上軌道，煤源也很缺乏。爲節省能源，我們的教室裡不生爐子。所以教室的溫度常在零度以下。記得一位怕冷的教授，戴著手套寫黑板。教授講課時，口中冒著白煙。我們坐在下面，腳凍得發麻。我們全系只有四個女生，一下課就往教授休息室跑，爲了去烘一烘已凍得發僵了的手指。還記得我們四個女生住在同一寢室裡，四個人全是又懶又怕冷的人，都不願意生爐子，只有晚上回寢室才生起爐子。可是半夜又不願爬起來添煤，午夜後爐火熄了，常會被凍醒，於是四個人都穿了大衣、毛襪，圍上圍脖，戴了手套鑽進被窩中睡。

我們那時好像沒有什麼課外活動。因爲一方面是寒假，一方面天太冷了。除了週末或星期天，大家相約到結了凍的渾河上溜冰。平常懶得出去挨凍，躲在寢室孵豆芽，看書聊天。我們這四人寢室常是「聊天俱樂部」。雖然我們寢室開學第一天，就由擅長書法的室友同學梁靜，龍飛鳳舞的寫了一塊「閒人免進」的擋駕牌掛在門上，以示閨閣重地。但男同學依然川流不息托故來訪。有幾次都是高朋滿座，大家提議湊份子買零食請我們，以表同窗之誼。邊吃邊打開話匣子，天南地北的「蓋」。不過大家並不是「少年不識愁滋味」，只顧眼前的歡樂。我們的談話也常是繞著八年抗戰時淪陷區，大後方的種種情形，以及當前的時局轉。不管是在淪陷區長大的同學，或由後方回來的學子，大家對國憂家愁都表示無限的關切，常會聊得唏噓不已。尤其一些家陷匪區的同學們，此時常是不展雙眉，徬徨不安。同室的小王，家在海城。海城陷匪後，和家中的音訊中斷，家人生死未卜，她常在午夜擁被偷偷暗泣。東大那時像小王這種學生很多，在寒假裡，漢卿樓的宿舍中就住著一批有家不能歸的同學。這些同學都倚靠著公費，和善後救濟總署的救濟金生活。

三十七年初，有一陣子戰爭已逼進瀋陽，在城裡依稀可聞城外的炮聲。此時瀋陽已陷入包圍，僅靠空運對外聯絡。那時人民紛紛做逃難的打算，都想逃離危城，免遭赤劫，所以瀋陽的機場上擠滿了等飛機的人，我在夏天也隨家匆忙離瀋到山海關。拖到三十七年底，瀋陽終於像一隻挽救無效的船，沉入了滾滾赤焰中。據說東大在瀋陽淪陷前夕，師生都已撤退到北平復課，可是我已來臺灣。不久北平也陷匪，從此復學無望。婚後住在南部相夫教子，昔日壯志煙消雲散，無機再續弦歌。但對就讀了不及兩年的東大，每一思之，卻懷念不已。有時默唱東大的校歌：「白山兮高高，黑水兮滔滔，有此山川之偉大，故生民質樸而雄豪，地所產者豐且美，俗所習者勤與勞，願以此為基礎，應世界進化之洪潮，沐三民主義之聖化；仰青天白日之昭昭，痛國難之未已，恒悲火之中燒……。」常浩嘆母校多舛的命運。東大初成立時，就受到日本人的注視和阻撓。九一八事變受到第一次苦難，全校師生恥周粟不食，相率間道入關。七七抗戰軍興，又追隨政府入川共赴國難。勝利後復員原址未及三年大陸變色，幾經顛躓，未能達到校歌上作育英才的壯志。而今三十多年來，不知陷匪的母校命運如何了？

《中華日報》

父親逃難

民國二十六年七月七日深夜，在北平郊外爆發的盧溝橋事件，是日本軍閥多年來處心積慮侵華的藉口，由這個藉口發動中日戰爭。因此，戰爭一開始，如燎原之火，引發各地戰爭，並頻頻轟炸後方各地。我們當時的最高領袖　蔣委員長，爲長期抗戰計，乃遷政府於重慶，以大西南做爲策劃抗戰的重地。追隨政府南遷的機關各行各業都有，員工眷屬也開始了大遷徙，我家就是如此到了西南邊陲的雲南。

家父習工程，東北大學土木工程學系畢業，曾任職瀋陽鐵路局、鄭太鐵路局、隴海鐵路局、瓊崖鐵路局、湘桂鐵路局。勝利後並回山海關橋樑廠擔任接收工作，後回鄉任職中長鐵路局，抗戰期間由瓊崖鐵路調湘桂鐵路服務。　國父曾說：「道路是國家的命脈」，抗戰時向前方增援彈藥補給，向後方輸送民生物資，都需要暢通的道路，家父工作這一環就是做「開路先鋒」。民國二十七年家父任職湘桂鐵路時，奉軍事委員會之令，部分工作人員入滇測修滇緬鐵路，於是一批工作人員攜帶家眷，浩浩蕩蕩由桂林經安南（越南）河內入滇。

當時抗戰已進入最艱苦的時期，國內華北重鎮先後淪陷，中原地方戰火瀰漫，對國外交通仰仗雲南邊界的緬甸省會仰光爲海口，軍民用品物資多數從仰光上岸，經縱貫緬甸而入雲南境內的滇緬公路運達昆明，再運送各地。滇緬公路完工於民國二十七年，路面粗糙狹窄，運輸量不大，載重速度均不能發揮功效，當局著眼於長期抗戰，未雨綢繆，乃計畫開闢滇緬鐵路，家父這一批工程人員主要的工作是測量釐定滇緬鐵路的路線。

滇緬鐵路是由緬甸的臘戍到昆明，所經之處多是蠻荒之區，叢林池沼，綿亙數十里的原始森林，野獸蟒蛇出沒、螞蝗遍地、瘧蚊肆虐、瘴癘處處。在這樣一個險惡區域測出一條能築路的路線，是一種人向大自然的挑戰。

入滇後，適逢日機發動瘋狂轟炸我大後方各重鎮，昆明也不能倖免，員工眷屬乃卜居昆明到保山之間的一個小縣城——祥雲。滇緬鐵路在此也設一辦事處「滇緬鐵路工程處辦事處」，處長爲張海平先生。員工們僅留事務人員，工程人員全部深入蠻荒之地工作。

因爲滇西蠻荒地帶瘴癘瀰漫，人們如經此地停留過久時非病即亡，被當地人視爲鬼域。而且交通困難，除了步行只能以驢子代步。記得父親半年才回家一次，在家住二十天或一個月，每次都包括向上司述職，辦理公事，招募工人，採購藥品、器材、日常用品和食物如油、米、鹽及臘肉（雲南火腿有名，久儲不壞）。那時我們租住民房，我家的房東是當地的地主，祖上在前清時做過一任大官，租給我們的房子是官邸。雖然已斑剝破舊，但雕樑畫棟昔日風光仍可見，院子很大。每次父親回任所時那天，院子裡站滿人，還有驢伕驢子隊，以及招募的工人。驢子隊是馱運攜帶的東西，工人是到那邊工作打雜，如刈草砍樹開路，扛測量鏡架。但他們多不願久留，半年換一批。由祥雲到保山，經雲縣、滾弄、騰衝等地到工作地點，要二十多天及一個月的時間。

記得每次父親回家的日子，晚上闔家在菜油燈下敍天倫樂時，父親就講述叢林荒區的見聞。我們姊弟們好像聽天方夜譚，也宛如到蠻荒地域探了一次險。

父親說，有時測量隊工作太晚，不能回駐紮的工寮，就在野地裡紮營，支架上預先帶去的帳幕。夜裡帳幕的四周要燃燒起枯枝樹幹，竟夜不能熄。因爲夜裡群獸出沒林間莽草中，野獸怕火光，不敢越雷池一步。半夜扒開帳幕縫往外偷看，會見火光後邊，蹲著整排的虎、豹或狐等野獸，眼露青光，虎視眈眈的注視著帳幕，讓人不寒而慄。午夜夢迴還聽見虎吼猿嘯聲，直到天亮，牠們才敗興回巢。最有趣的是人猴大戰，所經之處的樹上，往往棲住著成群的猴族，大猴背小猴，看到測量人員支架起測量器就擲石塊砸測量器，也砸人，當地人揹有土槍，就放空槍嚇牠們，但不能傷牠們，否則牠們傾巢而出，人們求救無門就慘啦！常常是猴子們擲石頭、隊員放空槍，人猴大戰一番。牠們很容易氣餒，最後就息兵了。還有當地的螞蝗毒蟻和瘧蚊也是工作人員的大敵，大家常常全身武裝，穿得密不透風，只露張臉。天氣悶熱時，汗出如瀋，濕透衣裳。

民國三十一年日軍在東南亞發動太平洋戰爭，佔領了馬尼拉、新加坡。又攻下了緬甸首都仰光，直逼緬甸另一重鎮臘戍，兵分兩路，一面沿著滇緬公路追擊協助英軍作戰的中國軍隊，一面進攻八莫和密支那。那時工程處測量隊剛逃到八莫，只好隨著敗兵和難民群渡過怒江往保山方面逃。卻不料測量隊的卡車隊過惠通橋時，日機把橋炸斷，父親所乘的車殿後，被困橋這邊，和同事們離散。在混亂中，父親棄車與一個小測工雜在難民群中，翻越中緬未定界的野人山逃向雲南。

工程處測量隊共分十幾個分段，每個分段都有幾輛卡車載了工作人員和物品撤回國內。那天過了惠通橋的，後來都安然抵達祥雲，唯有父親所乘的卡車不見踪影，父親也杳然無消息。還有人傳說惠通橋被炸時，親見父親所坐的卡車落入江內，母親聽了憂傷得一病不起，祖母每天都到廟裡拜佛許願問卜，我和弟弟們常到縣城中間的十字路口等卡車。卡車進城必定經過那個十字路口，我們希望會有一輛載著父親的卡車回來。

皇天不負苦心人，終於我們等到了歸來的父親。

那天當我和弟弟看完卡車上最後下來的人，失望的轉身準備離開，突然一個熟悉的聲音叫我和大弟的小名。爹！那不是爹的聲音嗎？我趕快回頭仔細看，只見一個瘦得兩頰下陷，髮如刺蝟，滿臉于思的人正對著我們微笑！我和弟弟立刻擁上前，緊緊的抱著他，摟著他，頻頻的叫他。父親眼中含著欣喜的淚，第一句話是說：我差點看不到你們啦！我們姊弟簇擁著父親往家走，早已有人報信，久病的母親霍然而癒，憂傷的祖母展露笑顏，兩人已喜吟吟由大門口迎出來了。

原來父親和同事失散，只有姓朱的測工相伴，兩人決定跟一夥難民翻越野人山。野人山人煙稀少，偶有幾椽小屋的村莊。最可怕的是有一段原始森林地帶，地上滿布高過人的喬木野藤蔓草，擡頭是密而高的參天古樹，織成綠色的天羅地網，終日難得看到藍天陽光。高樹上有猿啼，大樹上蟒蛇溯溯的爬過，怪鳥叫的聲音淒厲可怕。那一路上數十人結隊而行，有幾個人不支病倒途中脫隊，後來如何不得而知。一路上大家在飢渴中趕路，遇到有土人的地方會討點水和食物。沒有人煙的地方吃野果，長了芽的小麥，和樹上鳥巢的蛋。越走越疲倦，把帶的東西一樣一樣的沿途丟送，有一位跑單幫的生意人，攢了幾兩黃金，到後來爲了減輕身體負擔，保持體力趕路，把金子都送給土人了。到了山下父親的行囊只是一條夜宿禦寒的薄毛毯，一面小鏡子，留著小鏡子是每天看看自己變成什麼樣子。而事隔四十多年，父親歸來落魄的樣子至今記憶猶新。

有人說中日戰爭使中國飽受摧殘禍害，但全國同胞大遷徙，摒除了國人省籍的隔閡，使大家知道團結才能救國，同舟共濟的意義。而我，童稚年紀就歷經戰亂，看過敵人的殘酷，深深的感到沒有國那有家，個人的安危利益更沒有保障。那時有句口號：「有錢出錢，有力出力，一切爲前線，一切爲勝利！」的確，抗戰時每個人都願爲國家付出一分力量，雖苦也無怨言，終於贏得最後勝利。

七十六年七月二十日《青年日報》

燕子啊！你來自北方

好多年前，一群醉心於寫作的女子，忽然又醉心起唱歌來。先是，一小撮志同歌合的人，定期相聚，藝術歌、流行歌、校園歌、民謠，凡是記得的，大家會唱的，都提出來唱。當然，我們唱的多是年輕時常唱的，唱時也是隨興之所至，以娛情爲主。唱歌是件快樂的事，聞風而加入的越來越多，於是大家通過，成立了文友合唱團。

文友合唱團的歌友，很多是戰亂時代過來人，所唱的歌曲以抗戰時代的歌曲爲多。年月久遠，有的歌詞記不清楚，有人熱心的找了來。有那譜音不確的，也尋了曲譜來。爲使歌藝進步，我們又請來了名聲樂家蕭滬音教授教唱練唱，儼然成了一個正式的合唱團。獨樂不如眾樂，唱歌也像寫文章，有發表欲，「得句錦囊藏不住，四山風雨送人看」。我們大膽的公開演唱幾場，還上了電視。去年七七抗戰紀念日那天，由文工會協助在新公園冒雨演唱。不管我們的歌藝夠不夠水準，我們只是表現愛國心，唱的全是抗戰歌曲。那天在大雨滂沱中，竟然有人撐著雨傘佇立雨中聽唱。因爲抗戰時很多歌表露中國人愛國的心聲，國家多難流亡的悲哀，被侮辱的憤怒，不屈服的民族魂，唱出了大家的心聲。

這些歌在安逸幸福的日子裡，都被塵封在記憶深處，漸漸淡忘。現在重新撥動這根歌弦，唱時會有異樣的心緒。唱流亡三部曲時我每每哽咽不成聲。唱「同胞們！向前走！別退後！……」我會熱血沸騰。不像當年學時木木然，人唱也唱，只因當年年紀小，不識愁滋味，也不能體會到歌裡的感情。而今走過大半生的風雨歲月，仍是少小離家，羈旅異鄉的未歸人。也曾看過在敵人轟炸下成了瓦礫廢墟的國土，和躺在瓦礫上靜靜淌血的同胞。

尤其唱那首「燕子」的歌時，總忍不住那滿眶的淚水。只因初學這首歌時，是一位跛了一隻腳的年輕老師教的。

抗戰時，父親修測滇緬鐵路，我家爲躲避敵機轟炸，疏散到滇西一個小城市祥雲卜居。那年我剛讀初中，在警報頻仍中，學校裡來了一位瘸著一條腿，拄著根拐杖的新老師，他教各班的音樂。人長得很英俊，又溫文儒雅，可惜一隻腳瘸了。看他步履艱難的樣子，同學們都很同情他。那時警報一響，全校師生就列隊出城躲向林中原野，不能上課，在等警報解除時，他教大家唱歌。他會唱很多歌，溫柔的、哀傷的、悲壯的。一次他教這首「燕子」時竟然泣不成聲，淚滿衣襟，同學們都愣住了。後來他告訴我們，他的家鄉在北方，看國家多難投筆從軍，在戰場上傷了這條腿，爲生活到小城教音樂……。

「燕子啊，你來自北方。燕子啊，你來自北方，你知道那一些村莊遭了苦難？那一些城鎮變成屠場？……知道有一天我要回到家鄉！……」而今，每次我唱這首歌時，眼前就浮出他那倚著拐杖，微揚著首，雙目注視天邊，淚水爬滿臉頰的身影。

《臺灣日報》

難忘山海關

二樓後窗望出去是學校的校園，校樹蓊翠，綠滿眼眸。每年夏季校園驪歌聲起時，樹上的蟬鳴也響起，接著整個暑假在已無學子嬉遊聲的校園裡，惟有蟬鳴盈耳。當我坐在臨窗的書桌前讀寫時，那一波一波襲來耳畔的蟬鳴聲，總使我恍惚間回到山海關。

「山海關」是北京到瀋陽的北寧鐵路線上的小驛站，但在地理和歷史上卻中外聞名——它是長城的一個關卡，出關是長城外的東北地區，入關是長城內的河北地方。人們也慣以山海關爲定點，稱「關裡」、「關外」。有一首抗戰歌：「萬里長城萬里長，長城外面是故鄉。……」指的也是山海關外。

那一年我家由西南邊陲的昆明回北方，定居的第一站就是「山海關」。

山海關車站的調車場很大，鐵路縱橫如脈絡，但站臺不大，也很簡陋，一眼望到底的月臺，一排平房的站房；一條木造的天橋，古樸又安靜。

出了車站，卻緊臨一條很熱鬧的街道；餐館林立，菜香撲鼻，人來人往，招徠之聲不斷。我們被接車的父親領到一家「苟不理」包子館吃了頓簡單的午餐。然後浩浩蕩蕩跟著父親安步當車向城裡走，早半年前來的父親，已安置好了家，是山海關橋樑廠的員工宿舍。

越近市區越冷清，街上車稀人少。七月的驕陽在北地也撒著灼人的熱浪，我們走在驕陽下的樹蔭裡，耳畔的蟬鳴喧囂，一波又一波，由近而遠，又由遠而近，像海濤般有節奏。

長年住在缺少樹木的都市裡，我聽過的蟬鳴只是寂寞單調的獨唱，從沒有聽過如此響亮、囂張、豪壯的蟬鳴大合唱。邊走邊仰首路樹枝葉間，尋覓那大眼薄翅的昆蟲，想看看它與南方的同類有何不同，鳴聲如此嘹喨，但它隱藏在綠葉深處，不見踪影。

而我卻發現整條街都排列著枝幹粗壯，綠葉茂密的老樹。老樹是「榆樹」。山海關城內街巷間時時都可見老榆樹的丰姿，所以山海關又稱「榆關」。

「邊烽警榆塞」，由嘉峪關起到山海關止，全長五千餘公里的長城終點站是山海關。山海關不僅是交戰時兵家必爭之地，在中國地理上一直扮著邊疆要塞的地位。也是出關入關的關卡，關裡關外火車在此停留交會列車，在此加煤加水。在車站工作的人員，慣見加掛在普通客車後面達官顯貴的豪華專車，大人物在車廂裡的動態。政壇重要人物過境，他們負責森嚴的戒備。一次名影歌星白光到瀋陽登臺演唱，在等候交會列車時，到月臺上散步，他們清清楚楚一睹銀幕下白光眞人風采。

與山海關車站現實人生的舞臺相比，城另一邊的「城門樓子」是顯示著歷史滄桑的古蹟——「天下第一關」的城門。

古老的城門樓子上聳立一座二層宮殿式的建築，門楣上懸掛著鐫刻「天下第一關」的巨大匾額，下面是圓形的城門洞。年久失修的城牆泥土剝落，裸露著斷磚殘泥，上面彈痕歷歷，像一尊寫著戰史的老兵。那時仍是戒嚴時期，城垛上有荷槍的駐軍徘徊，只能遠觀不能登臨。在沒有「觀光」風氣的年月，這兒只是一座被民眾忽視的「破城牆」。在那個初秋的午後，只有我們姐弟幾個從南方回來的孩子，在這古老的長城根下，一償瞻仰歌詞中，「萬里長城萬里長……」的宿願。那斑剝城牆上用白漆塗寫的「頭可斷，血可流，國家疆土不可失」、「剷除奸匪」豪氣躍然的大字標語，被午後的秋陽斜照著，讓人有些悲壯的感覺——古城牆，永遠負著守護國土的使命！

山海關城裡的居民，不管外面的歷史陳跡、人生風雨，過著悠閒踏實的日子。走在城裡的街道上，我常沉入思古幽情的情懷裡，那有門洞有石獅子，有上馬石的民宅，雖然有歲月的履痕，但卻不掩昔日的風光。那掛著黑漆金字陳舊的招牌店家，店員依然有謙謙之風。

山海關橋樑廠的員工宿舍，是棟民間的「進士第」。大宅院有三進，以月洞門互通。每進有正房、廂房、耳房、跨院。跨院有角門可獨成一戶進出。而每一進都有庭園之美，雕樑畫棟，我們在裡面過著渾然忘卻外面烽火戰亂的苟安日子。

原籍北方的我，在山海關第一次吃「高粱米」飯。北方的高粱又高又碩壯，北方的高粱地一望無際如綠色的海洋，是抗敵健兒游擊隊藏身的「青紗帳」。粉紅色圓潤的高粱米飯有種濃濃的米香，高粱是北方主要的雜糧。我在山海關第一次過飄雪的冬天，每當一場風雪過後，白雪皚皚的大地猶如粉妝玉琢的世界，但零下氣溫的寒冷卻讓人畏懼。在山海關，我也和家人過最後一個年，此後一直以校爲家。

這些年，每聽到「山海關」、「長城」地名，那古城的老榆樹，嘹喨的蟬鳴，滿布彈痕的城牆立刻浮現眼眸耳畔。

八十二年六月六日《中華日報》

東北冰窖過寒冬

外子住在哈爾濱老家的弟弟，寄來一張看冰雕的照片。照片背景是座冰雕的四合院，在燈光照耀下的冰雕四合院，晶瑩透明，璀璨耀目，彷彿是一座水晶宮。

相片中冰雕的景色美則美矣，但卻看得我有股寒意由背脊梁爬上來。開眼界？這樣宏偉的冰雕是沒見過，但東北那個冷勁卻領教過了。

東北有句俗話：「臘七臘八凍掉下巴。」是說農曆臘月天氣會冷得把下巴頦兒凍掉。這話當然是言過其實，但冰封大地，寸草不生，大雪後「千山鳥飛絕，萬徑人踪滅」，躲在家裡守著火爐都會生「凍瘡」卻是眞的。

我家住的是中長鐵路局配給的宿舍。是日本人留下的日式房子。東北的日式房子和臺灣的日式房子不一樣，爲防冬寒，沒有落地窗，玻璃窗是裡外兩層，房間靠牆角有個「暖氣包」的設備。暖氣包有管子通往附近一個大鍋爐間，鍋爐注水燃煤，熱氣由管子輸送到暖氣包，增加室內溫度，一個鍋爐供應大約十戶左右的人家暖氣。

糟的是，勝利後「俄國大鼻子」不但把東北重工業的機器拆劫一空，還把民間的鐵鍋爐也拆了去，做製造武器的原料。這下可把住日本房子的人搞慘了，攝氏零下度數的房子，冷得如冰窖般。

為節省，我家只在客廳裡裝隻大火爐。白天晚上全家都在客廳活動，直到睡覺時才到臥室。我住校，我那間臥室經常沒人住，缺少「人氣」，窗櫺上結冰，牆壁上積霜，成了名副其實的「冰窖」。寒假回家和弟弟清理我這間冰窖，在牆上刮下好幾桶冰屑。

過年前後幾場瑞雪，大街小巷積雪盈尺，住家的前後門都被積雪封住，出不了門。屋裡冷得自來水管結冰，水流不出來。幸虧家附近有處救火栓，鄰居靈機一動，弄來一架「幫浦」，抽地下水，水出來了奔走相告，家家提了水桶來汲水。我和弟弟由大門口鏟出一條「雪中小路」，提桶排在蜿蜒的長蛇陣中，凍得雙腳麻木了，才分得一桶水，提到家門口，水上已結了一層冰啦！

最可憐的是無處棲身的乞丐，到了冬天，往往一夜大雪紛飛，清晨開門，只見一個裹了破棉絮的人蜷縮在牆角蒙頭大睡，上前喊幾聲不見動靜，推一推，卻已凍僵了。

臺灣氣候溫暖，沒有酷寒的冬天，霜雪難得一見。有時大寒流光臨，帶來北國的幾許寒意，報上刊登的「合歡山飄雪」的雪景吸引人，很多人特地巴巴兒的上山賞雪景，我卻不爲所動。心想你們去嘗嘗挨凍的滋味吧，住不了幾天就會急著回來啦！

短暫的賞雪之遊是樂趣，但長久生活在冰天雪地裡，生活諸多不便，「雪」就不可愛了。

八十二年十二月二十八日《聯合報》

旅途情懷——

在異鄉有水土不服的痛苦，

這痛苦會使人「思鄉令人憔悴」吧！

——摘自〈洛城行腳〉

洛城行腳

洛杉磯——這個美國西海岸的名城，久聞其名。因爲世界名影城好萊塢在此，名影星的豪華住宅區，比華利山莊也在此地。

也久聞洛杉磯一年四季氣候怡人，冬季不飄雪，盛夏不炎熱，所以當我在五月中旬抵達這個名城小住時，是以探親度假的心情，過著閒適的日子，享受怡人的氣候。

我很相信天氣會影響心情。而我，當天氣晴朗時，自然而然的精神抖擻，心情愉快。當天氣陰沉或落雨時，內心落寞，無情無緒，鬱鬱寡歡。

在洛城的那些日子，每天早晨由二樓臥室的大玻璃窗望出去，藍天如洗，綠樹在晨風中款擺，晨曦把草地上的露珠照得如滿地亮晶晶的水鑽，花壇上的花朵，朵朵展現笑靨，大地萬物都散發著早起的蓬勃生氣。而我就站在窗前，以愉快的心情迎接新的一天。

洛城是個少雨的地方。在洛城住了近一個月，只遇到兩場雨，都是在午後，這雨彷彿天馬行空的雲，驟然而來，瞬間而去。天空像有輛灑水車，向大地灑下一陣甘霖，滋潤了大地的植物，完成任務就匆匆離去。想想五月六月間，臺灣先是春雨連綿，然後又是梅雨季節，常是日日聽窗外雨聲淅瀝，剪不斷，愁煞人。

據兒子說，我們住的坡摩那一帶，過了一座山就是地近阿利桑那州的沙漠區，所以有沙漠氣候的特徵，早晚和午間的溫差很大。早晚需穿薄毛衣和毛背心，中午卻要穿短袖襯衫。

洛城是個美麗的都市，因爲處處有花的倩影，行人道上、住家門前、院子裡，即使鬧區巍峨的商業大樓前，也建有花壇，壇內繁華似錦。

最壯觀迷人的，有一天車子經過市區一條路，兩旁的路樹都開滿紫花，沒有一丁點的綠色，遠遠看去彷彿是一片紫雲。在別的地方我從沒有看到這種樹，也不知道樹名。問兒子，他也不知道樹名，我們就稱它「紫花樹」。

是氣候和土壤的關係吧？洛城的花類色調都很艷麗，葉子肥厚。兒子說洛城缺雨水，所幸地下水豐厚，灌溉、飲用都靠地下水。因此，洛城的花都有生存於沙漠的本性——耐旱。

洛城的住宅大多有佔坪不小的院子，如果喜歡園藝，可以一展身手。要想品嘗新鮮的青蔬，可以客串老農自種自享。

兒子喜歡玫瑰，在前院遍植玫瑰，每兩個月澆一種玫瑰專用花肥。我去時院中玫瑰開得如火如荼！淺紫、深紅、淡黃、粉紅，朵朵都海碗般大。爲了歡迎我這「稀客」，媳婦在室內遍擺瓶插，全是玫瑰。客廳是艷紅的，起坐間是淡黃的，臥室是粉紅，洗手間是淺紫。飯廳、廚房是花團錦簇的混合色，彷彿走進了玫瑰屋。

後院他們闢做果園菜圃，種了檸檬、蘋果、杏、桃。因爲搬來才一年，果樹還是小樹期。但種在花盆裡的小黃瓜、番茄卻都結實了。看那花盆裡長得已可以吃的小黃瓜和番茄，我忽然想到那首臺灣歌，對媳婦說：「你們眞是杯底『七』金魚嘛！」大家都笑了。

誰說「杯底不能養金魚」？只要有心人，花盆裡也能長青菜。臺灣前不久推廣水耕青菜，自家陽臺上就可以種青蔬。

由這些例子，想到臺灣和美國相比，是名副其實的蕞爾小島。但卻養了兩千萬左右人口，人人生活得不錯。美國有的，臺灣都不缺。以水果種類來說，臺灣的種類比美國還多，而滋味美。這當然由於上天眷顧，臺灣氣候好，雨水多，土地肥沃。但有限的土地需要自力更生者加倍的努力耕耘，是不爭的事實。臺灣之有今日，都可做如是觀。但守成不易，我們應該有所警惕，珍惜昔日辛勤的成果。

近年在國內「蒙特利公園區的小臺北」知名度很高。是想要移民國外同胞最感興趣的地方。到洛城之前，就決定去看看這個新興起來的現代化中國城。

在美國各大都市，有的都有中國城。如舊金山的中國城、紐約的華埠。多年前路過洛杉磯，也曾一訪當地那個古老的中國城。那天正是星期天，短短的一條街，很冷清，有著中國城傳統的色彩，和髒亂。看上去讓人感覺住這兒的中國人，都是落拓異鄉的流浪者。

由住處開車，約需四十分鐘的路程到蒙特利公園區。當車子駛進有方塊字的地區，就是到了「小臺北」了。

「小臺北」並不是指這一地區的形態像小臺北，而是指它的內涵。在外表，這個地區與洛城乃至美國其他一些地區一樣，現代化的建築物，一樣模式的超市、停車場、購物中心。當然，要仔細看看，也有似曾相識的感覺。服飾店櫥窗的中國相貌模特兒，中藥店裡的瓶瓶罐罐，透著思古幽情的人參標本，連餐飲店裡桌椅擺的方式都保持中國化。但最大的特色是中文英文並列的市招，讓初履斯地的，不諳英文的老中，不致變成文盲。而街上往來，商店接觸，店員打交道，都可聽見鄉音——國語、臺語、廣東話。如果擡望眼四處眺望，海鮮館、臺灣小吃、餃子館、豆漿燒餅油條，眞恍如置身臺北。

陪我們來的老移民友人說，這個地區住的中國人，各行各業都有。經營房地產、建築師、律師、開診所、中文學校、書店、經營超市、搞電腦、開餐館、美容院。在這一帶活動的中國人，不懂英語沒關係。不會開車不要緊。不喜歡牛奶漢堡比薩，自然有南北家鄉味。

還有要打麻將，牌搭子也好找。中午晚上還有中文電視好看，臺北方面在美國睡夢中發生的事，天亮當天中午就在電視上出現。而臺北的連續劇，舊劇新播，很叫座呢！這兒沒有鄉愁，是中國移民的樂園！

只是，當我餐罷，口中殘留著家鄉味的餘香，徜徉在小臺北的街上，看那些往來的同胞面孔，我在那上面讀到落寞和消沉的字句，是生活太輕鬆單調？抑是內心仍有故國之思？

忽然想起有人說移民就像把一棵已經長成的樹連根拔起，種植在另一個陌生的土地上。氣候土壤迥然不同的生存方式，可能有水土不服的痛苦。這痛苦會使人「思鄉令人憔悴」吧？

而我這過客，卻有異國雖好，不如歸去的鄉思。因為我生長在那片土地上，我是那片土地上成長的樹。

七十九年八月九日《青年日報》

花都酒廊

小時候就聽說巴黎是個很「浪漫」的地方，男女可以在大庭廣眾中勾肩搭背，情人當街擁吻。

到了巴黎，走在有名的香榭里舍大道上，我這保守的東方人睜大眼睛注意往來的巴黎男女，我要開開眼界，一睹「浪漫」鏡頭。

但勾肩搭背的中年夫妻有，當街擁吻的情侶沒遇到，卻發現花都的浪漫在街頭。是不是巴黎的酒特別醇美？巴黎人飲酒像美國人喝咖啡，不可一日無此君，街上的酒廊酒館步步爲營。

走在香榭里舍大道上，只見壯觀的大道筆直通向「凱旋門」。大道兩旁除了高聳的路樹，樹旁豎立的旗幡也是香榭里舍大道上的一個特色，還有樹下行人道上都擺著小巧美麗的桌椅，熙攘的人群穿越桌椅前行，就如我們走過忠孝東路鬧區，穿越停在騎樓人行道上的機車般無怨無氣，這些桌椅是酒店擴充地盤擺出來的。

巴黎街頭的五步一間十步一店的酒店，和坐在酒店態度悠閒的善飲者，以及他們熱衷於夜生活，在我看來充滿浪漫情調。

而巴黎在我這個勤奮慣了的中國人眼中，有那麼一點慵懶，和吊兒郎噹的隨便。

巴黎的店鋪，清晨絕不開門，要等到中午十一點左右才打開店門做生意。而到了下午四五點鐘，是巴黎人喝下午茶（酒）的時間，又是小憩時刻，也不做生意了。

初臨巴黎，我這異鄉客沒有入境「問」俗，第一天在一家鞋店看中一雙高跟鞋，第二天上午去買，嘗了閉門羹，去得太早了。隨旅行團到別處參觀回來，下午巴巴兒跑去，又嘗了閉門羹，才搞清楚巴黎人生活作息的時間。

但巴黎的酒吧酒廊由上午十時左右營業，直到午夜以後。在這個時間，穿梭在行人道上桌椅之間的巴黎人，嗅到酒香，或酒癮犯了，或一時興起，隨時可以找個空位坐下來，酒保眼尖，立刻跑過來問：「喝什麼？」

在當街酒廊上，可以看到形形色色的飲酒客。

獨飲者，佔據小桌一角，邊斟邊啜邊閒眺街景，那悠閒無所事事的神態，篤定的樣子，彷彿泰山崩於前也不會動心。

情侶對飲，眼神含情，口角春風，無視身邊熙攘往來人，只顧品美酒，耳鬢廝磨絮絮訴衷情。

三五好友聚飲，談笑風生，瀟灑享受浮生片刻閒。

這種酒廊也賣咖啡，但不賣餐點，那天旅行團自由活動，我和丈夫漫步大道街頭看巴黎風光。時近中午，也走累了，揀一處空位坐下。一位白衣酒保過來，一開口才知道丈夫的英語他不懂，他的法語丈夫「沒宰樣」。換了一位只會講「洋涇幫」英語的，兩人溝通半天，他進去端了一杯咖啡來。

「這家只賣酒，外帶咖啡。」丈夫說。

正好胃痛的我，不能喝咖啡，又不敢飲酒，只好空腹托腮坐看街景，歇歇腿了。

七十九年四月十五日《臺灣新生報》

「倫敦橋」在美國

聽說要去「倫敦橋」，我很納悶：「倫敦橋不是在英國倫敦嗎？怎麼美國會有倫敦橋？」一點不錯，它是英國倫敦的倫敦橋。只是被美國人購買來，架在哈瓦蘇湖上，因爲又有一條新的倫敦橋。舊橋不知是名氣大，抑是美國人喜歡玩噱頭，就買下了舊橋。

整座橋如何搬過來呀？這是每個遊客的疑問。原來此橋是由一塊塊大磚石砌成，搬運前先把磚石編號，再拆下來托運，到目的地再按號碼依照原型重建。這座橋是世界上售價最高的「古董」橋——七百萬美元，費時三年才重建完成。

這座「英國的倫敦橋」，位於美國阿利桑那州，有藍色之湖美譽的哈瓦蘇湖上。倫敦橋很高，是老式有橋洞型的。遊艇、小船可穿梭橋洞間往來湖上悠遊。

我們去那天，恰逢當地舉行一個慶典。又是接連三天的週末假期。老美最注重戶外活動，游泳、划水、曬太陽又是他們的最愛，因此當天湖邊停泊的遊艇，大大小小首尾連接，各式各樣，彷彿是遊艇大展。但最讓人眼花撩亂、目不暇給的是泳裝女人，三點式、連腰式、裸背式，個個都展露著胴體美。男人自是僅著泳褲一條。他們都不怕曬，無論男女身上都塗著防曬油，曝曬在烈日下。

阿利桑那州屬沙漠氣候，中午高達華氏一一〇度（華氏一百度等於攝氏三十八度），晚上可降至八十九度。「早穿皮襖午穿紗，圍著火爐吃西瓜」，午間晚上溫差達二十一度。午間的大太陽當空照，眞可以把人曬出油來。白皮膚的老美，認爲「古銅色」才是美，因此身上塗了防曬油在毒太陽下遊湖、划水。而我這個東方女子，卻打著陽傘站在陰涼處，又怕熱又怕曬黑。

因爲這是個遊樂區，除了遊湖划水，還有依湖傍橋建的遊樂場，美國模式的。小丑表演、電玩、小吃攤和餐廳，還有座「蠟燭紀念館」。人們都在橋下往來遊覽，高高的倫敦橋上倒是人踪稀少。擡首翹望，只見旗幟招展，汽車往來。

沙漠地區中的一泓湖水，由倫敦買來一座古董老橋架在湖上，就以此發展而成爲觀光休閒勝地，這也是化腐朽爲神奇的傑作吧？

的確，上帝給了人類洪荒的宇宙，也給了人類頭腦。祂希望我們人類利用智慧，使洪荒的天地，變成多彩多姿的可愛世界。

七十九年五月六日《臺灣新生報》

沙漠中的明珠

在拉斯維加斯賭場裡，我在一個吃角子老虎前輸去最後的一塊銀幣，就寂寂的坐在一個角落裡看別人「發財」。

旁觀者清，一點不錯！當我冷眼看面前熙攘往來，形形色色的賭徒眾生相，看到貪婪的、驚喜的、沮喪的、茫然的……人們在這個五光十色，目眩神迷的賭場裡，碰「運氣」，找「願望」，尋「財富」。

在這些奔波機與機之間，緊張忙碌的人群裡，有兩種人最輕鬆閒適，穿著暴露的年輕兔女郎，她們端著托盤，閒閒的穿梭在人群中。托盤上是免費的香檳酒、啤酒、果汁飲料。賭客賭得肝火上升時啜一口潤潤喉，賭輸了飲一杯澆愁再出發上陣，乃至聽到機裡叮叮噹噹掉下來銀幣聲，驚喜的浮一大白，慶賀自己「財源滾滾！」

另外還有幾位濃妝豔抹，環珮搖曳的銀髮老太太。她們端坐在換角子臺前，像黑寡婦蜘蛛撒下了天羅地網，沉靜冷漠地守候著，自有那投網者來，她接過薄紙的大鈔，把一捲一捲的銀幣推向來者，讓他去賭「運氣」，賭「命運」。

美國有兩大有名的賭城，一爲「雷諾」，一爲「拉斯維加斯」，不僅吸引眾多賭徒，也使外地的觀光客怦然心動，想一試財運。

而當地相關的旅遊業，也以去賭城觀光路線做爲生財之道。他們的廣告稱云：「參加賭城遠征隊有優厚待遇，免費早、午餐，等於免費遊賭場。」甚而有的賭場尚聘請演藝人員「做秀」以助興，聘請臺灣名歌星駐唱，以招徠華人賭客。

聽說每星期三早晨，在舊金山華埠幾家旅行社的門口，或臨近的停車場，可以看到十數輛豪華遊覽車排成一列，一隊隊的華人魚貫登車，那就是遠征賭城雷諾(Reno)的賭客隊，又要浩浩蕩蕩出發了。

據說常到拉斯維加斯和雷諾兩地賭場的賭客，很多是職業賭客。他們對賭場內的諸般賭具和賭法，是十八般武藝背熟的，無論撲克牌、輪盤、吃角子老虎，樣樣精通。

這些人平常在賭城打工，週末就帶著錢到賭場，最後錢都送給了賭場。

我曾目睹附近一位玩吃角子老虎的老外，一上來手氣奇佳，曾有三次銀幣叮噹落成小丘。但最後依然雙手空空嗒然離去，只因人性的「貪」使他不甘適可而止。

十賭九輸，百分之九十九的賭客都是輸家。但當局者迷，當我們面對那些投入少數，可以得到多數的機器時，硬是不認輸！這也是賭場生意盛隆的主因吧？

由洛杉磯到阿利桑那州的拉斯維加斯有一天的路程，一路上是大漠千里，除了沙漠植物，寸草不生，寂寂無人煙。拉斯維加斯就座落在這貧瘠的沙漠地帶，但賭客把它妝點成璀麗耀目的富麗堂皇之城，成了沙漠中熠熠發光的明珠！

七十九年七月七日《臺灣新生報》

古意盎然的鬼鎮

當導遊宣布回程要到「鬼鎮」一遊，車上的人都悚然一驚：「鬼鎮？」幾個年輕的小妞又怕又喜的問：「鬼是什麼樣子？」「你去過幾次？」「你有沒有鬼朋友？」大家聽了這些嘰嘰喳喳的問話都笑了。

導遊是廣東人，第三代華僑，國語不靈光，英語不怎麼樣，他一路上講的話，兒子戲稱爲「拼盤」，因爲他一會兒廣東話、一會兒大舌頭的國語，時時還夾雜進一些英語：「有鬼也不必怕啦，老實說，人比鬼可怕啦！」只有這句廣東國語的北方俗語我聽懂了，用不著去猜。

回程時，車子在大漠無際中的公路上行行重行行，疲累加上一路單調的沙漠景色，全車人都閉目懨懨假寐。當麥克風傳出：「現在呢，我們快到鬼鎮了。」大家像被注射了一針強心劑，人人睜開眼睛，坐直身子。

「克里哥鬼鎮」位於加利福尼亞州和阿利桑那州的交界處，是八〇年代盛極一時的錫礦所在地，建於一八八一年。極盛時期是淘金者的樂園，有夜夜笙歌的繁華。後來錫礦不值錢了，到了一九〇七年開始沒落，一變爲沒有人煙，寂靜陰沉形如鬼域的地方，因此被稱爲「鬼鎮」。到了一九五一年，由美國政府有關機構重建整修，成了一個觀光地點。

「喏！看車子的左邊，遠處那堆發著五顏六色光彩的山巔，就是鬼鎮的所在地。」導遊指著窗外。

可不是，順著導遊指的方向看過去，在夕陽餘暉的染那群山有雨後彩虹的色調。但越走近，顏色漸消失。進入山坳，是一座座濯濯童山，名副其實的「礦山」。進了山坳，也好像走進時光隧道，眼前的景物，完全是早期墾荒時代的美國西部景致，馬廐、馬槽、水井、走廊懸高的木屋，以及一座幾丈高的瞭望臺。瞭望臺下一角，倚停著一輛幾已是朽木的篷車。耳畔傳來叮噹鐘聲，循聲望去，在對面山頂上，一輛冒著煙的小火車頭，正拖著一節敞篷車，慢慢鑽進山洞——那是載遊客去探礦的。

不但如此，鎮上的人物也很「古董」，販賣部賣可樂漢堡的小姐們，戴著洋娃娃帽，穿著大蓬裙，紮著有蕾絲邊的圍裙。門口站著戴牛仔帽，著馬靴馬褲，執馬鞭的西部英雄。

餐廳裡布置得也很「古香古色」。在進門的門楣上擺著銀盾獎杯，牆上掛的相框，裡面的男女都是盛裝的紳士貴婦，這些都是礦主遺留下的。聽說當年這個餐廳裡夜夜高朋滿座，時常舉行盛大的舞會。

坐在餐廳外面走廊中的木凳上，游目馬廄、馬槽，遠處寂寂的古道，迎面吹來的山風有些涼意，夕陽隱沒山巔。

一八八一年到一九〇五年，不過二十四個年頭就沒落了，淘金者星散，繁華逝去，只留下鴻爪供後人憑弔。

七十九年十一月九日《臺灣新生報》

異鄉中的故鄉——中國城

二次世界大戰期間，當時稱雄世界的英國人自詡是「日不落民族」，因爲它的殖民地遍布全球每個角落，英人曾有豪語：「有太陽的地方，就有英國人。」

而二次世界大戰後四十年的今天，中國人也可以自豪的說：「有太陽的地方，就有中國人。」

二次大戰後，中國人受戰亂及政治經濟的影響，對「安土重遷」的觀念日漸淡薄。爲了要求「自己的明天」更好，離鄉去國，到異域開創新生活的人日漸增多，此一現象由「中國城(China Town)」遍布世界各國可見一般。

在東北亞的日本韓國，我去遊過「中國城」。在東南亞的菲律賓、新加坡我去過「中國城」。在美國有名的大都市，如舊金山、洛杉磯、紐約、華盛頓及芝加哥等地也曾去觀光「中國城」。

「中國城」是在異國的中國人集中住的地方，自然形成一個小型的社會。它的特色是，無論生活習慣、飲食條件、語言風俗，都是全盤未改的保留著中國傳統形式。

「水是故鄉甜」的戀鄉情結，使「中國城」成爲羈旅異國，和中國旅人的樂園。不但當地的華僑常常到「中國城」吃吃喝喝玩玩以慰鄉思，就是中國的觀光客每到一地先探聽有沒有吃中國餐的地方。

在美國最大的中國城位於舊金山的都板街（Grant Avenue）一帶，走到附近，遠遠便可望見一座古香古色的中國式牌樓。進到牌樓是與外面不同的世界，外面是西方現代化的都市，而裡面是東方味濃的街道市容。路的兩旁聳立著宮燈似的路燈，有中文的市招，街上熙攘往來的路人以黃面孔的同胞最多。一個離國多日的觀光客，一路看的是黃髮碧眼兒，蟹行文字，聽的是「莫宰羊」的英語，乍到此地都會眼睛一亮，精神一振，有無限的親切感和歸屬感，不再是縮頭縮腦的土包子了。

眞的，中國城就是中國風光，街道馬路兩旁櫛比的商店，賣手工藝的、紀念品的、瓷器、刺繡、首飾、中國服裝的店家都似曾相識，因爲在國內的中華路上，中山北路上都見過類似的店舖。有一年我還發現一家專賣貂皮大衣等名貴的皮貨店，打著「吉林黑貂」的招牌。當然門可羅雀，貴是原因之一，還有那土土的樣子也不受歡迎吧？也有幾家中藥店賣「吉林參」，是眞是假，外行人難辨。對匪貨沒有信心，當然也不敢問津。

最多的還是餐館。在較熱鬧的街道上眞是十步一家五步一店，北方館子、南方飯店、廣東味、川菜吃喝都是純中國吃食。至於味兒是否地道，只有品嘗了「家鄉味」的人冷暖自知啦！不過吃過一家燒餅油條，比國內的滋味美，一家千層烙餅的手藝也不凡。這些餐館較大的還裝潢成宮殿式，朱欄紅柱，氣派富麗，雖然俗些，但中國味十足。這些餐館的食客不僅限東方人，老美老歐也三五結伴來大快朵頤。看他們笨拙的拿著筷子，吃得津津有味紅光滿面，眞有「與有榮焉」的感覺。

也有幾家戲院、歌廳，演國片，歌星也是臺灣去的多。但最獲我心的是中文書報攤，國內很多雜誌都漂洋過海外銷了，消閒的書籍以武俠小說，及通俗的言情小說爲主。

僅次於舊金山的中國城是紐約的「華埠」，華埠位於曼哈頓市政廳的西北角摩脫街(Mott Street)。華埠有著大陸上的風格，商店都是歷史悠久的老店，在一條街上我曾看到一家專賣中國玉器古玩的商店，規模大得如走進一間小型展示室。

紐約華埠的街景更酷肖臺灣大都市的風光，繁華熱鬧，熙攘的人群，馬路旁時時可見流動小販，賣水果的、廉價玩具、手錶、眼鏡等攤販。有一次還看到一個賣新鮮四季豆的菜攤，也是大聲吆喝著賣，用的是國語。還有幾家專賣大陸上貨物的商店，兩相比較，大陸上的品質粗劣，和抗戰勝利後的品質相差無幾，可見大陸上戰後經濟的落後。此地有一家電影院也演大陸上的影片，只是爲了好奇大家最初去看看，以後就興味缺缺。因爲無論劇情、演員都很幼稚平淡，拍攝技術更是粗劣。

與舊金山的中國城相比，紐約華埠的餐廳生意清淡。不過小吃店生意不錯，尤其一些臺灣小吃如肉焿、擔仔麵、米粉、肉圓、魚丸最受歡迎。這大概因爲這一代年輕人，無論原籍是那兒，都生長在臺灣，生於斯長於斯，他們已視臺灣爲故鄉，臺灣味是家鄉味了。記得小兒曾告訴我，當他由中國人稀少的美國北部蒙他拿州到紐約，初履華埠遙望路旁有一間飯館掛著「東來順」的招牌，站在十二月寒冬的街頭，竟然熱淚滂沱！那天他進到飯館，飽飽的吃了一頓餃子。只因在臺灣時，我們常常闔家到東區的「東來順」餃子館吃餃子。離家去國的遊子，豈僅是常思家鄉味？鄉情、親情，更常縈繞在胸懷。有位去國二十年的鄉友，家住舊金山附近，隔一段時日，他便帶著全家，不惜開兩小時的車到舊金山的中國城。去看看中國字，吃吃中國味，溫溫故鄉情，逛「中國城」是他們消閒生活中最快樂的事，尤其春節，他們還去辦年貨、看舞獅呢！

七十八年《大華晚報》

紐約的新公園——華盛頓廣場

我稱華盛頓廣場（Washington Square）是紐約的新公園，是因為這個廣場和臺北的新公園一樣，是在熱鬧的市區中。而且也如臺北的新公園，毗鄰處都是文化氣氛濃厚的地區。新公園附近有重慶南路的書店街，博物館就座落園內，華盛頓廣場是在紐約的文化中心——格林威治村（Greenwich Village）內。

老紐約人都認為：「時報廣場是紐約色情氾濫的地方，而格林威治村則是紐約文化的集中地」。據說紐約的一些落拓的文人、音樂家、畫家、小說家、哲學家、演員及劇作家，常聚集在格林威治村，伺機表現發揮才華，以求嶄露頭角，走上成功之路。美國許多大文豪、大詩人、大藝術家，在成名前都曾寄居此地。所以這一塊地方，也被稱為藝術和文化的搖籃。在這裡能嗅到一切文化氣息，諸如畫廊、書店、街頭音樂表演，和街頭畫家。這兒自由自在的氣氛，和藝術的環境，很得紐約青年人的喜愛，也是青年常聚集的地方。

在一個晴朗的午後，我乘坐地下鐵，輕裝走訪這個紐約的文化中心地。

格林威治村位於南曼哈頓的西邊，在第四街與第十街，五馬路與七馬路之間。

這一帶沒有紐約其他地區的高聳入雲、仰之彌高，整日阻遮陽光的摩天大廈和高樓。建築物大多爲七八層到十多層極富古典風味的歐洲式樣。色調明亮，讓人感到軒朗浪漫。而街上行人雖然也熙攘，但腳步不再是行色匆匆，而是以悠閒的態度漫步街頭。到達時正値午後斜陽時分，四周更是洋溢著將晚的閒適氣氛，三三兩兩挽手的情侶，三五成群的青少年在路旁、在走廊、在門口、在樓梯間，隨意而坐而倚。簡單樸素的衣著，沒有特意的裝飾，表現出自由自在的愉悅。

華盛頓廣場就座落在一片綠樹環繞中，穿過塑有華盛頓雕像的凱旋門式的紀念牌坊，走進廣場，又是一種不同的景象。

一排排的座椅，在一個舞臺前絡繹的排開，像極了臺北新公園的露天音樂臺前，連那周圍的參天老樹都似曾相識。在一棵老樹的低椏枝幹上，正有一位少年仰臥其上，以小帽覆蓋臉上做晝寐好夢呢！

在另一棵樹下，圍著一群人，悠揚悅耳的小提琴旋律，穿過人群，在空中嬝嬝迴盪播送。廣場另一邊是個簡單的兒童遊樂場，小朋友們正在場內的木架上爬上爬下的嬉耍。不遠處有三兩青年正隨著吉他的伴奏翩翩起舞，圍觀的人拍手助興，跳到精采處，有人以口哨來鼓勵。

有人坐在長椅上沉思，有人坐在樹蔭下納涼聊天，還有賣小玩意的活動攤販，這是一個大眾化的樂園。

在週末假日或晚上，附近這一帶是一個多彩多姿的觀光區。櫛比鱗次的禮品店，都是一些小巧玲瓏可愛的小玩意，一些設計得奇特的賀卡。五步一店十步一間的書店，新舊都有。路旁歐洲式的露天咖啡座，很有情趣。晚上一支蠟燭點燃，情侶相對而坐，可以相看不厭的消磨一晚。其他各種餐館、咖啡廳，各國的吃食都有，要吃中國菜也能如願以償。

但最引人興趣的，還是「戶外藝術展示會」。會期一年兩次，一次在春季，一次在秋季。這個展示會在格林威治村是件盛事，成千的藝術家都把作品拿出來展覽。以華盛頓廣場爲中心地區，向四周街道發展，設立的攤位可以說集人間藝術之大成。有繪畫、雕刻、版畫、印刷品、手工藝品、裝飾品、編織物、陶器等，使人眼花撩亂目不暇給。去參觀的人多忍不住這些藝術之美的誘惑，解囊購買一二件。據內行人說，有時這兒的畫，不會比麥迪遜大道的畫廊作品差，因爲也有些大畫家來此展出作品呢。就是坐在路旁的街頭畫家，坐在自己作品前，靜靜爲路人顧客畫像者，說不定就是著名的大畫家哪！

這些街頭畫家生意很興隆，在街的一隅，我看到幾位中國畫家，他鄉遇同胞，倍感親切。本想趨前請代爲描影速寫一番，但不慣坐在大街之上，在眾目睽睽下弄首擺姿，只好做罷。

但是像可以不畫，到了紐約，格林威治村不可不遊，由華盛頓廣場，能看到美國人生活的另一面。

七十八年《大華晚報》

髒亂的迷魂陣——紐約地下鐵

「紐約」是美國東部首屈一指的大都市，也是世界名城。奇怪的是，它的髒亂也是聞名的，有些地區街上整日紙屑飛揚，污水廢瓶隨地可見。尤其紐約的地下鐵車站內，它的髒集色、臭之大成。

但是坐了幾次地下車，如果摸對了搭乘的竅門，就好像初到吉隆坡吃「榴槤」，初吃時臭味難以下嚥，吃慣了越吃越香，變成無上美味。坐慣了地下車，連大亨們有的也捨私人「賓士」，而搭乘這個紐約大眾化的交通工具呢。

紐約地下鐵已有八十年的歷史。這個興建在紐約市區地層下的鐵路，路線四通八達，猶似一個迷魂陣，在紐約地下無遠弗屆。

在紐約市區，你只要看到有兩個上有圓形黃燈的水泥柱子，那就是地下鐵的出入口，有階梯供乘客上下。每次進入，或走出這個出入口，我常會想起小時看章回武俠小說，書中寫那武藝高強的人，常會一種絕技——土遁，鑽入地下行走一陣子再冒出地面。由此看來，我們中國人有一等的頭腦，在幾千年前就有了「地下鐵」的構想，但卻光說不練，直到現在我們中國任何地方都還沒有地下鐵的建築。

紐約地下鐵分三個大系統，即爲㈠IND，㈡BMT，㈢IRT等三部份。而這三大部份中又各分若干路線，這些路線像網一樣，布滿地下鐵車站裡，一天二十四小時，晝夜不息的爲紐約城的市民服務。

紐約地下鐵路線網雖然如迷魂陣，但初搭乘時也有幾個竅門：第一，隨身攜帶一張地下鐵系統圖，把出發的地點和目的地看清楚，然後找出要乘坐的路線，根據路線名稱找附近的車站。第二要摸清方向，每一條地下鐵車站都有上行與下行(Uptown and Downtown)，也即上行往北，下行往南，是進城與出城之分，認淸門口，以免搞錯方向。另外要注意車前面和側面的標示號誌，不是你要搭乘的不要上去，上車後照路線圖按站核對，看有沒有搭錯車。如此摸熟了路線，逛梅西公司、百老匯街、世界貿易中心、洛克菲勒廣場、中央公園、林肯中心，購物、聽音樂、看歌劇、參觀博物館，還是到華埠中國城，都可隨心所欲了。

紐約的地下鐵車站四通八達，但地下鐵車站內的髒臭實在不敢領教。一走進地下鐵入口處，陣陣尿騷的異味撲鼻而來。加上陰暗老舊，與地面上有天壤之別。而車廂更被惡作劇者塗得五顏六色，不忍卒睹。這些塗鴉是窮人發的牢騷，有的詼諧，使你啼笑皆非，有的悲傷，也會使你一掬同情之淚。坐在車廂內游目四望，發現這些塗鴉者都有「語不驚人死不休」的豪氣。外地人視這種車廂上的塗抹是髒亂，但有許多紐約的藝術家卻說這才是「紐約的眞實的藝術」，因爲是其他外地所沒有的特色。

車廂壁上的塗鴉雖然熱鬧，但車廂內的人與人卻都是冷漠的。熙攘進出的人群，都是一付漠然的面孔，匆忙的腳步。紐約是人種的熔爐，沒有本國人外國人之分，只有紐約客與外地佬之別。由於美國傳統重視尊重他人的隱私權，人與人都「保持距離，以策安全」。因此有人說，如果要無拘無束請到紐約，如果要寂寞而死請到紐約。

地下鐵的車廂是通艙式的，每節車廂有四個到三個門，兩邊都有，座位是靠車窗橫排的長椅。坐在車內，緊靠你而坐的，也許左邊是個梳了滿頭小髮辮，大眼睛骨碌骨碌看你的小黑妞。右邊是位手捧書本，目不斜視沉默閱讀的白人女士。

如果行程長又無聊，不妨冷眼瞄瞄全車廂的眾生相：有人看報，有人看書。老太太或少婦也有帶毛線織著，以遣無聊的乘車時光。還有人凝望黑暗的車窗外想心思。更有人閉目養神，如老僧入定。而年輕情侶，無視大庭廣眾的存在，熱情的擁抱喁喁私語更時有所見。但車上絕沒有小販之類的人。只有一次到華埠的車廂內，我看到一個中國籍的中年婦人，拿著一幅畫，謙卑的走到每個乘客面前兜售，換來的是漠然無睹的表情。我憐憫她，更氣她，恨不得告訴她，即使餓死在異鄉，也不能丟中國人的臉！

紐約的地下車雖然一天二十四小時都爲市民服務，紐約雖然是個不夜城，但在深夜時最好不要搭乘。午夜的地下車廂內，是個易使人犯罪的地方，搶劫、強暴，尤其是婦女最好不要搭乘午夜的地下車。

旅遊，是和交通打交道的事。到華盛頓我坐過地下車，到日本，我坐過地下車，都是車站清潔、車廂舒適。而日本的地下鐵車站，就如一座地下城市，有百貨公司、餐飲店、書報攤。惟有紐約的地下鐵車站，陰暗、冷漠、空寂，像一座陰森的古堡。如果午夜一個人站在月臺上候車，長廊寂寂，黑暗漫漫，一定會毛骨悚然。但這個古堡展示著人類的智慧和毅力，當我在地下鐵車站內，忽而登樓，忽而下樓，還有供乘客出站的滾動電梯，我深深的佩服當初設計規劃的人，也佩服當初建築紐約地下鐵的人們。

七十八年《大華晚報》

中華民國的外交堡壘——雙橡園

在一個夏日的清晨，我們來到了「雙橡園」。

華盛頓六月的清晨，涼爽如初秋。昨夜微雨，把綠草如茵的草坪滌洗得更翠碧。

「雙橡園」，從一九三七年起，就是我國駐美國使館之地，至今將近半個世紀的歲月，在我外交史上，它有著重要的地位：它那風景如畫的自然景色，不祇是一處名勝，更扮演著近半世紀我外交的歷史殿堂，外交第一線的堡壘角色。

在外表看「雙橡園」，不過是座落華盛頓市區街巷間一處綠樹森森的庭院，寧靜又安詳。但進入大門，眼前豁然別有天地，蒼翁成蓋的參天古樹，遍布園內。四周是一大片綠意盎然的如茵草坪，一座白色漂亮的兩層樓宇座落其中，就是我們外交折衝樽俎的中樞。

我們去時，「雙橡園」內有一部分還在修葺，主人暫住他處。樓宇雙扉緊閉，只有在有宴會時才熱鬧起來，我們只能隨引導人員陪同繞園參觀。

「雙橡園」，以其屋前並列兩株巨大橡樹而得名。這兩株橡樹巍然聳立於樓宇前，高大挺秀，枝葉茂密如華蓋。據說其中一株曾遭電殛，後另植新樹，而今已茁壯難分伯仲，同樣欣欣向榮。

「雙橡園」樓宇建於一八九七年，是美國國家地理學會的創辦人赫巴德（Hubbard）出資所建。赫巴德是一位富有的律師，建此樓園做爲夏日消暑的別墅。據說此別墅僅建築師的設計費，便高達美金三萬元，可見其建築的考究及豪華，園主赫巴德歿後，在一九三七年，我駐美大使王正廷向赫氏家人租下此別墅，做爲大使官邸。至一九四七年顧維鈞大使以美金四十五萬元購下，自此成爲我國固定的歷任大使官舍。

「雙橡園」佔地約十九英畝，有兩座門，一座旁門在一條並不寬的巷道內。一爲正門，面臨廣闊平坦的大馬路。大門是簡單大方的鐵柵式，門兩旁豎立著古意樸拙的石柱，門燈爲古香古色歐式的六角燈。進入大門，有一條光滑的汽車路穿草坪直達別墅門前。

別墅爲一座寬敞軒朗的白色樓宇，由緊掩著的挑紗白窗帘窺望進去，依稀可見裡面高雅整潔的布置。一樓是大客廳與小客廳，側面爲餐廳、廚房。地下室是儲藏室及停車間，樓上爲辦公室。

據說中美斷交後，雙橡園一度人去園寂，處於廢圮狀況。一九八三年始又收回，開始修繕，恢復舊觀。又將客廳推出原有陽臺上，使室內面積增廣，再配擺古玩珍品，安放高貴盆景，懸掛名家書畫，更換家具裝潢，使之充滿中國古典風味。

去那天巧逢星期日，得以跟隨引導人員自由徜徉園內參觀遊覽。十九英畝廣闊的園內，不僅遍植綠樹，又因有小丘起伏，曲徑蜿蜒，極富鄉村風光。別墅的前正門遍闢花圃，圃內繁花盛開，路旁小徑都種植著綠意照人的矮樹叢。漫步其間，滿眼的詩情畫意，渾然忘卻咫尺外都市的喧鬧煩囂。

「雙橡園」最負盛名的是，當年我國與美國仍有官方外交時，此地常有盛大宴會與園遊會。尤其在我雙十國慶日，及九三軍人節日的宴會中，冠蓋雲集，各國外交使節畢至，衣香屐痕，釵光鬢影。女客們都盛妝艷抹，穿戴最漂亮的服飾，更給宴會園遊會增添喜洋洋的氣氛。而政府顯要、社會聞人、外交碩彥、華僑首領，皆以能被邀請參加為榮。

在中美斷交後，此種盛況久已不見。外交人員降旗回國那日，據說在冷雨寒風中，很多僑胞都參加降旗儀式，很多人都哭了。

我徘徊在這片如茵的草地上，眺望遠處雙橡樹旁那座潔白的二層樓宇，仰視前面高高旗桿上，在朝陽中招展的青天白日紅的國旗，四周是如此的寧靜安詳。但事實上，在這片寧靜美麗的園內，卻有著一個古老民族，為爭自由、為抗強權、為護國衛民而寫下頁頁奮鬥的滄桑史！

想到我們外交的尖兵，在雙橡園歷經了抗日戰爭、抗日勝利，及對抗赤禍的艱辛歲月。四十多年依然如雙橡樹般屹立於風雨朝嵐夕照中，默默爲國奉獻工作。我堅信，在這廣闊的庭院中，不久會恢復當年外交酬宴的盛況！

尤值得一提的是，在距雙橡樹不遠的地方，有我們現在外交鬥士錢復先生手植的綠松一棵，欣欣翠翠象徵著中華民國的國運，如蒼松翠柏般，永遠茁壯常青。

七十八年《大華晚報》

導遊群相

近兩年驛馬星動，有好多次出國旅遊，談不上遍遊名山大川，但卻也開了眼界，看到異國風光。另外，給我印象最深刻的是一路上所接觸的導遊。

旅遊業是近十多年發展迅速，而日漸蓬勃的行業。也稱觀光事業，被所有國家公認爲無煙囪工業。近悅遠來的觀光客都是搖錢樹，因此又有一種新行業——導遊。

「導遊」，說得通俗一點，就是領著觀光客遊玩的人，對觀光客有指南照顧的任務。除非你會多種語言，或者英語刮刮叫，略曉世界各國地理文物，才能單槍匹馬周遊天下。否則只有參加旅行團，讓導遊帶著才會暢行無阻，看到所遊地的精華。

多年前，我還認爲「導遊」是個輕鬆愉快的工作。我第一次看到職業導遊，是在臺北的龍山寺裡。一位本省籍的中年男士，帶領一團日本觀光客，他手舉著黃色三角旗，胸前掛架照相機，後面跟著一群老頭兒和老太太。這位導遊很有語言天才，對寺內賣香燭的講閩南話，對團員講日語，國語很流利，英語也能琅琅上口。那天正逢元宵節的花燈展，寺裡神殿走廊上吊掛著各式各樣的花燈，大殿裡還有以我國忠孝節義故事做成的電動花燈。他帶著這群日本觀光客，邊參觀邊講解。我雖然不懂日語，但聽他口若懸河的嘰哩呱啦，日本佬聽得津津有味，想像得出他講得很精彩。當時我想幹導遊這一行也不錯，整天領著觀光客東遊西逛到處玩，悠哉遊哉不亦樂乎！

所謂「隔行如隔山」，直到自己多次出國做了觀光客，一路上每天都和「導遊」打交道，才知曉做一個稱職又受歡迎的導遊還眞不容易。首先要有語言能力，至少要會兩種外國語，否則到了外國人生地不熟，語言不懂成了聾啞人，定會寸步難行；要有耐心，導遊的工作很繁瑣，接機送機、找遊覽車、訂下榻旅館、安排節目、找地方進餐等也很費神。要細心，出境入境、遊名勝、參觀古蹟，上下車點人數以防「丟掉」了人，時時提醒團員注意重要東西，遺失了金錢可以借，丟了護照，就要暫時流浪異國。要有識途老馬的經驗，所到地方的風景名勝、歷史文物、土產特產、風俗人情等都要知曉，要有好口才，導遊如果是個沒嘴的葫蘆，時時惜言如金，觀光客定會變成大觀園的劉姥姥，指鹿爲馬，個個是摸象的瞎子。最重要的要有愛心、有涵養，遇到麻煩或意外的事不能對團員吹鬍子瞪眼睛。觀光客是花錢的大爺、旅行社的客戶，要盡量侍候得他們一路順風愉快，不要砸了旅行社的招牌，斷了自己的財路。

「人心不同，各如其面」，導遊也因人而有各種型類，有的活潑風趣，有的嚴肅沉默，有的惜言如金，只盡帶路之責，對沿途見聞，要團友發問，才蜻蜓點水式的答覆一二。有的學識既豐富，又能說善道，每到一處聽他（她）侃侃而談介紹當地歷史風俗、名勝古蹟的故事，妙趣橫生，勝讀十年書，啓茅塞增見聞，飽享旅遊之樂。

譬如一次到美國芝加哥，導遊羅小姐，是臺灣去的留學生，課餘兼職，羅小姐是位天生的導遊人才，動作敏捷、反應快、口才好，常識很豐富，她在機場大廳裡接到我們立刻展開作業，辦事熟練迅速，以最短的時間辦妥入境手續，然後領我們上了遊覽車，直駛密西根大道上的旅館。沿途她隨時介紹芝加哥的歷史、特色、面積、氣候。她說我們不是小學生，她也不是老師，但觀光一個都市，要明瞭他的背景和環境，遊玩時才會產生興趣。而觀光之旅要分秒必爭，以最短的有限時間，玩最多的地方。更不能讓觀光客在旅館裡孵豆芽。

她也很風趣，會製造輕鬆愉快的氣氛。譬如談及芝加哥的氣候，她說：「芝加哥有個特產，和我們新竹一樣，不過不是貢丸，大家猜猜看？」「新竹風！」「答對了，大家看，那就是落帽風！」她隨即指著車窗外的一個街景，路旁適巧有位行人，正追著被風吹落地的帽子跑，大家看了哈哈笑，車廂內頓時熱鬧起來。走在密西根湖畔，談到湖畔的人造沙灘上，老美們做日光浴時的風光，她形容：「白色沙灘上，排滿臥著的男女遊客。他（她）們著了最簡單的泳裝，遠遠看過去，就像……諸位一定猜不著，哈！就像蒜泥白肉！」由於她不拘小節很隨和，有些團員也和她開些不傷大雅的玩笑，一路上笑聲不斷。導遊能左右遊客的情緒，有位談笑風生的導遊，此行必定熱鬧愉快。

她住在芝加哥多年，常帶團走南闖北，足跡遍及美國各地名勝，對芝加哥的地理環境及歷史掌故都知悉，芝加哥是美國鋼鐵業名城，歷史悠久。她對芝加哥歷史上著名的事蹟，如芝加哥大火的前因後果，由密西根湖塡湖而成的密西根大道史話，著名的格蘭特公園的特色和那頗負盛名的露天音樂會，都能娓娓道來，引人入勝。

最讓大家感動的，是她有顆愛國的心。參觀當地有名百貨公司，看到臺灣精美的外銷品，她以驚奇又驕傲的口吻對我們說：「這些精緻漂亮的東西，可是咱們臺灣的產品哦，不要當做外國貨買回去啊！」閒談中提及臺灣各方面的進步，市容的繁華，她沾沾自喜，認爲不輸於美國。一路上常說：「我們不必妄自菲薄，只要我們發揮了智慧、恆心、毅力，終會成功。」她那種自信和骨氣感染了大家。我相信，芝加哥之旅，大家不僅開了眼界，增長見識，也帶回了信心。

在華盛頓的一位冷太太，也是此中佼佼者。冷太太風度好、口才好、學識又淵博。在華盛頓已住了十年，導遊是副業。華盛頓是美國首都，有很多歷史古蹟。她對美國的一部開國史背得滾瓜爛熟，對美國開國歷史的來龍去脈如數家珍般道來。而白宮、國會大廈、華盛頓紀念碑、賓夕佛尼亞大道、阿靈頓國家公墓等地很有趣的小掌故和傳聞，她也知之甚詳。一路不厭其煩的講述，使大家對這個世界政治名城，有更深的瞭解。尤其當我們參觀華盛頓附近的名勝「鐘乳石岩洞」時，走進岩洞，彷彿穿過一個奇異的隧道，周遭千奇百怪的鐘乳石奇景，使人目不暇給，驚訝造物者的鬼斧神工。冷太太一路走，一路把這些有千年歷史的自然景觀成因，和岩石的特性，以及一些怪石名稱如「魔毯」、「白玉苦瓜」、「幸運石」等命名的典故講述給大家聽，無異給我們上了一堂趣味橫生的地質學。那天她還帶了一位見習導遊，隨團見習。可見導遊工作不是熟悉環境、多會幾種語言就能勝任的。

在華盛頓，第一天我們也遇到一位初出茅廬的資淺導遊。因爲預約好的導遊臨時有事，就由他臨時受命上陣。他是臺灣去的留學生，到美國不過半年，趁著暑假出來打工，是個很可愛的小夥子。但一路參觀時，他常是沉默寡言，輕易不開口。我曾發現他口袋裡揣了很多「小抄」，每到一處參觀遇到我們發問，而他又回答不出時，便掏出小抄來惡補現學現賣。我想他不是天生木訥，而是對參觀的目標很陌生，腹笥空空，缺少「蓋」的資料，只好「沉默是金」了。在參觀太空中心博物館、歷史博物館等地，他看得很仔細，還作筆記。「由經驗中學習」，他是個虛心求上進的青年，假以時日，定是位「舌粲蓮花」好口才的優秀導遊。

到韓國漢城時，我遇到一位愛國導遊，講一口濃重山東腔的國語。他很懂得心理學，一開始自我介紹時就說：「我是韓國人，但我的祖上是山東人，各位都是中國人，我們也算是同鄉。」這個開場白，立刻贏得大家的好感，彷彿他鄉遇故舊，好親切。不過除了這句開場白，以後一路上口口聲聲「我們韓國咧」，愛國之心溢於言表。他介紹韓國名勝風光、文物古蹟，總不忘表示韓國雖然地瘠民貧，但人民能吃苦耐勞，努力進取，在全國節食縮衣下完成很多的國家建設，地下鐵已完成三分之一，「我們在沙礫中建設我們的國家！」他驕傲的說。在經過一大片有數里之廣的國民住宅區時，他指著每家陽臺上，或牆角下擺著的成排大肚罈子說，裡面是各家自製的有名的韓國泡菜。他說韓國由於地理環境農牧不豐，糧食不夠，大家一星期只有兩天吃白米飯，其餘日子多吃雜糧。冬天青菜歉收，以泡菜佐餐。這個友邦，與我們有著同樣的隱憂，強敵近在咫尺虎視眈眈。他表示惟有勵精圖治，才能保護自己幸福自由的生活。他山之石，可以攻錯，這位充滿自信樂觀想法的年輕導遊，給我很大的啓示。

最差勁的導遊，是我在日本遇到的中村先生，他懶洋洋、慢吞吞，對我們的團友態度輕蔑。我到福岡參加的這個旅行團，都是臺灣鄉下白手成家致富的阿公阿婆們，土裡土氣，好脾氣，沒主見，這大概也是使中村輕視我們的原因。我實在氣不過，曾借故修理他幾次，譬如一路上他讓大家唱日本歌（阿公阿婆們都生長在日據時代，會講日語唱日歌），我偏要唱「我的家在東北松花江上」的抗戰歌。他從不介紹日本的風俗民情、歷史文化，沿途風光名勝，我時時發問。並向領隊反映我的不滿：「我們不是來坐遊覽車打瞌睡，下車採買的。」第二天上車，他雖然表示抱歉，卻依然狡辯說他曾帶過幾次臺灣觀光客，大家對風景名勝、歷史古蹟都不感興趣，只喜歡採買，所以他一路上就不費口舌了。從此他前倨後恭，一改輕視的態度，眞是欺軟怕硬！不過我也感謝這位導遊，他使我深深感到「要別人尊敬，自己先要強」國際間的冷暖人情。

俗語說行萬里路如讀萬卷書，我做了行萬里路的觀光客，也讀了一部「導遊群相」的書，這部書使我改變了「導遊是領著觀光客遊玩」的單純觀念。覺察到「導遊」實在是無煙囪工業的靈魂，是觀光事業最重要的一環。名勝古蹟、遊樂場所、民俗藝術、歷史文化的特色等，都是無煙囪工業的成品，導遊則是這些成品的推銷者。推銷員向顧客介紹成品的優點，才會引起顧客購買的意願。老王賣瓜自賣自誇，無煙囪工業要靠導遊的宣傳吹噓，以廣招徠。好的導遊得到信任，觀光客會想舊地重遊。差勁的導遊，卻使觀光客乘興而來，敗興而返，留下壞口碑，觀光客不願上門了。

尤其導遊在執行職務時，如果做做國民外交，不但使來遊的觀光客認識自己的國家，還知道自己國家的優點，留下良好的印象，提昇自己國家在國際上的聲望，就如那位韓國導遊。

七十三年一月十三日《世界日報》

外國駕駛

這幾年常出國旅遊探親，到了異國交通工具除了子女親友的車子，就是坐計程車，或旅行團訂的遊覽巴士。也許由於在國內無論坐計程車或公車，總是受氣遭白眼的時候多，相比之下，外國的駕駛先生和藹可親多了，而且各國因爲民族性的關係，所表現的態度行爲也各有千秋。

譬如美國人生性活潑開朗，我遇到好幾位計程車駕駛，他們「謝謝」不離口，而且樂於助人。有一次由紐約的「拉瓜幾」機場到北卡的勞瑞小兒家，所乘的計程車只能停在停車處，停車處離機場大廈還有一大段路。糟糕的是我們帶的箱子又大又重，我們兩夫婦手只有縛雞之力，望著停在路旁的三隻大箱子發愁，推不動拉不動，距飛機起飛的時間已不多，眞是急煞人。就在急得心跳時，已上了車的計程車司機又跳下來。這個老外孔武有力，一手提一隻箱子像提隻小包包，把我們送到機場大廈門口。他只是舉手之勞，躭擱兩三分鐘，對我們卻如絕處逢生的救星。感激莫名，外子爲表謝意，掏出美金小費兩元相謝，他卻搖手一溜煙跑了。

英國人的紳士風度在國際間有口皆碑，他們的司機先生也都彬彬有禮，有謙謙君子風。在倫敦街頭過馬路，絕對是行人優先。這對來自人車爭道、馬路如虎口的臺北人一時還適應不過來。有一次在倫敦街頭過一個沒有號誌的馬路，正在等一輛巴士過去再舉步，卻見那輛巴士霍然而停，車內駕駛先生對著路旁呆立的我擺手示意先行。在受寵若驚的心情下，我一個人昂首闊步的橫過馬路。而我們在當地預約的遊覽巴士，有三天時間載我們到各處參觀遊玩，開巴士的駕駛先生更表現了他那紳士風度，我們上下車時他都恭候車門旁，遇到年紀大的老先生和女士們，都很禮貌的攙扶一把。感動得幾位結伴同遊的阿婆一路上誇讚：「這個司機眞有禮數！」臨離開倫敦和巴士告別前，隨車領隊照例爲司機收小費，這幾位阿婆慷慨解囊。不像前幾次一邊心不甘情不願的掏錢，一邊嘴裡嘟囔著，所謂「和氣生財」，信然。

最使我難忘的是一位黑人老美司機，那次去洛杉磯影城參觀，我們包了一輛計程車。那是我此生坐過的最漂亮、最乾淨的計程車。車身黃色，車燈車玻璃光可鑑人，前座還插著鮮花。黑人司機梳著小平頭，穿著寶藍色的海軍式樣衣服，白襯衫，藍色蝴蝶領結，戴了白手套。看我們是老中，自告奮勇做導遊。進了影城，介紹沿途名勝風景，大明星的豪華住宅，如永遠的巨星伊麗莎白泰勒的故居，已易手的早年美男子明星泰隆寶華別墅，如數家珍知之甚詳。他還告訴兒子說，中國人儒雅有禮，希望有生之年能到臺灣一遊。更希望我們回國對中國同胞說，洛杉磯是個美麗的地方，他以做爲洛杉磯的市民爲榮，歡迎大家常來觀光。他還有付好歌喉，路上唱了兩首民謠。雖然我們都聽不懂歌詞，但那甜美柔和的歌聲令人陶醉。這樣一個計程車司機，美國政府應該頒一個最佳國民外交獎給他。

說到頒獎，記起有一年到新加坡。新加坡市容的整潔，交通秩序的良好蜚聲國際。他們政府規定上下班進出城的計程車要「共乘」，不能只拉一個客人，以減少車輛的擁擠。而對優良駕駛訂有獎勵條款，計程車駕駛一年之內沒有違規、超速、車禍紀錄，給以獎金獎狀。如十年內紀錄良好，政府奉送計程車一輛。大多數計程車駕駛都以達到這個目標爲殊榮，把得到的獎狀張貼車內。除了做個優良的駕駛人員，他們也盡量做個好的服務人員，因爲如對乘客有惡行，乘客可以告到有關機構，給他們增加壞的紀錄，獎金獎狀都得泡湯。

我們的計程車界，在八月十六日開始調整車價同時，也發起「新生活駕駛運動」，以提昇服務品質，帶動財源滾滾。那天站在巷口正鵠候計程車，遙見一輛車身亮嶄嶄的計程車在面前霍然而停，首先映入眼簾的是貼在車前玻璃窗上醒目的標幟「新生活駕駛」，大喜登車。一路細讀前座椅後貼的「新生活駕駛規則」，大概有十條之多，現在記得最清楚的是：

不拒載短程。

不任意繞路。

不任意加價。

車內不吸煙，不嚼檳榔。

態度和藹。

…………

邊看邊內心竊喜，希望不是紙上談兵。乘客有福了，計程車駕駛朋友自然財源滾滾！

七十七年九月二十四日《臺灣新生報》

三民叢刊書目

①	邁向已開發國家	孫　震著
②	經濟發展啓示錄	于宗先著
③	中國文學講話	王更生著
④	紅樓夢新解	潘重規著
⑤	紅樓夢新辨	潘重規著
⑥	自由與權威	周陽山著
⑦	勇往直前 ・傳播經營札記	石永貴著
⑧	細微的一炷香	劉紹銘著
⑨	文與情	琦　君著
⑩	在我們的時代	周志文著
⑪	中央社的故事(上) ・民國二十一年至六十一年	周培敬著
⑫	中央社的故事(下) ・民國二十一年至六十一年	周培敬著
⑬	梭羅與中國	陳長房著
⑭	時代邊緣之聲	龔鵬程著
⑮	紅學六十年	潘重規著
⑯	解咒與立法	勞思光著
⑰	對不起，借過一下	水　晶著
⑱	解體分裂的年代	楊　渡著
⑲	德國在那裏？(政治、經濟) ・聯邦德國四十年	郭恆鈺 許琳菲等著
⑳	德國在那裏？(文化、統一) ・聯邦德國四十年	郭恆鈺 許琳菲等著
㉑	浮生九四 ・雪林回憶錄	蘇雪林著
㉒	海天集	莊信正著
㉓	日本式心靈 ・文化與社會散論	李永熾著

54 統一後的德國　郭恆鈺主編
55 愛廬談文學　黃永武著
56 南十字星座　呂大明著
57 重疊的足跡　韓　秀著
58 書鄉長短調　黃碧端著
59 愛情・仇恨・政治　朱立民著
・漢姆雷特專論及其他
60 蝴蝶球傳奇　顏匯增著
・真實與虛構
61 文化啓示錄　南方朔著
62 日本這個國家　章　陸著
63 在沉寂與鼎沸之間　黃碧端著
64 民主與兩岸動向　余英時著
65 靈魂的按摩　劉紹銘著
66 迎向眾聲　向　陽著
・八〇年代臺灣文化情境觀察
67 蛻變中的臺灣經濟　于宗先著
68 從現代到當代　鄭樹森著
69 嚴肅的遊戲　楊錦郁著
・當代文藝訪談錄
70 甜鹹酸梅　向　明著
71 楓　香　黃國彬著
72 日本深層　齊　濤著
73 美麗的負荷　封德屏著
74 現代文明的隱者　周陽山著
75 煙火與噴泉　白　靈著
76 七十浮跡　項退結著
・生活體驗與思考
77 永恆的彩虹　小　民著
78 情繫一環　梁錫華著
79 遠山一抹　思　果著
80 尋找希望的星空　呂大明著
81 領養一株雲杉　黃文範著
82 浮世情懷　劉安諾著
83 天涯長青　趙淑俠著
84 文學札記　黃國彬著

⑧⑤訪草（第一卷）

陳冠學 著

本書是作者於田園生活中所見所感之作，內有田園畫，有家居圖，有專寫田園聲光、哲理的卷軸。喜愛大自然田園清新景象的讀者，將可從中獲得一份未曾預期的驚喜與滿足；另有一小部分有關人性與人生哲理的文字，則會句句印入您的心底。

⑧⑥藍色的斷想
・孤獨者隨想錄
A・B・C全卷

陳冠學 著

本書是作者暫離大自然和田園，帶著深沉的憂鬱面對人世之作。一路上你將有許多領略與感觸，時或有天光爆破的驚喜；但多數時候，你的心頭將披著一襲輕愁，甚或覆著一領悲情。這是悲觀哲學，卻是被熱情、關心與希望融化了的悲觀哲學。

⑧⑦追不回的永恆

彭歌 著

本書是《聯合報》副刊上「三三草」專欄的結集。作者以其犀利的筆鋒，對種種社會現象痛下針砭，冀望這些警世的短文，能如暮鼓晨鐘般，在這變亂紛乘的時代，起著振聾發聵的作用。

⑧⑧紫水晶戒指

小民 著

俗世間的珍寶，有謂璀燦的鑽石碧玉，有謂顯榮的列鼎封侯。其實生活就是人生最美的寶物，不假外求。非常喜愛紫色的小民女士，以她一貫親切、自然的文筆，輯選出這本小品，好比美麗的紫色禮物，要獻給愛好文學也愛好生活的您。

⑧⑨心路的嬉逐

劉延湘 著

本書筆調清新幽默，論理深刻而又能落實於生活踐履。走一趟作者精心安排的「心路」之旅，您將莞爾一笑，心情頓時開朗。而您也將發現，原以爲只是一條山間小路，結果卻是風景優美，鳥語花香的舒坦大道。

⑨⓪情書外一章

韓秀 著

情與愛是人類謳歌不盡的永恆主題，它爲空虛貧乏的現代生活加添了無數的色彩。本書記錄下了作者在日常生活中感受到的親情、愛情、友情及故園情，在書中點滴的情感交流裏，在這些溫馨的文字中，我們是否也能試著尋回一些早已失去的東西。

⑨①情到深處

簡宛 著

本書是作者旅美二十五年後的第二十五本結集。身爲一個教育家，作者以其溫婉親切的筆調，寫出篇篇充滿溫情的佳構，不惟感動人心，亦復激勵人性。將愛、生活與學習確實的體驗，眞正感受到人生的有情，生命也因此生意盎然。

⑨②父女對話

陳冠學 著

一位老父與五歲幼女徜徉在山林之間，山林蓊鬱，山泉甘冽，這裏自有一份孤獨的甘美。本書是記述作者父女在人世僻靜的一個角落，過著遺世獨立生活的文字畫。舉世滔滔，這應是一面明鏡，堪供讀者對照。

⑨陳冲前傳

嚴歌苓 著

在好萊塢市場，多少人一夜成名直步青雲，又有多少人一朝雲中跌落從此絕跡銀海。身爲一個中國人，陳冲是經過多少的奮鬪與波折，身爲一個聰慧多感的女子，她又是經過多少的心路激盪，才能處於這洶湧波滔中。本書將爲您娓娓道出陳冲的故事。

⑨面壁笑人類

祖慰 著

本書是有「怪味小說派」之稱的大陸作家祖慰，在巴黎面壁五年悟得的佳構。他的散文神遊八荒，情貫萬里，將理性的思惟和非理性的激情雜揉一起。讀其作品既能吸收大量的科普知識，又可汲取其飄逸文風的美感享受。

⑨不老的詩心

夏鐵肩 著

夏先生一生從事文化工作，大半心力都用在鼓勵培植有潛能的青年人，助他們走上文學貢獻之路。而他本身亦創作出不少的長短佳文。本書收錄計有：詩詞小品、散文、方塊評論等。作者一顆不老的詩心，洋溢在篇篇佳構中。

⑨雲霧之國

合山究 著

使中國風土之特殊性獨具一格的，與其說是天地的廣大，不如說是因塵埃、雲煙等而爲之朦朦朧朧的自然空間吧！精氣、神仙、老莊、龍、山水畫、奇書等，其產生是有如何玄妙的根源啊！就以「雲霧」爲起點，讓我們一起走進這美麗幻夢般的世界。

⑨⑦北京城不是一天造成的

喜樂 著

打從距今七百五十多年前開始，北京城走進歷史的繁華紛亂。現在，且輕輕走進史册中尋常百姓的那頁，一盞清茶、幾盤小點，看純中國的挿畫、尋純中國的足跡。由博學多聞的喜樂先生做嚮導，就讓你我在古意盎然中，細聆歲月的故事。

⑨⑧兩城憶往

楊孔鑫 著

霧裡的倫敦、浪漫的巴黎，除此之外，這兩城你可還留有其他印象。本書是作者派駐歐洲新聞工作二十多年的記錄。透過作者敏銳的筆觸，且讓讀者徜徉在花都、霧城的政經社會、文化藝術、風土人情以及歷史背景中。

⑨⑨吹不散的人影

高大鵬 著

時代替換的快速，不知替換了多少人生舞臺上出現刹那的面孔；而人類，偏又是最健忘的族群。本書中所收錄的文章，均是作者用客觀的筆，爲曾替人類社會或文化默默辛勤耕耘的「園丁」們，做最眞實的文字記錄。

⑩⓪桑樹下

繆天華 著

本書是作者在斗室外桑樹蔭的綠窗下寫就的小品散文。作者試圖在記憶的深處，尋回那些感人甚深的、發人深省的，或者趣味濃郁的人文逸事，不惟激勵讀者高遠的志趣，亦能遠離消沉、絕望的深淵。

⑩文化脈動

張錯 著

「我是一個文化悲觀者，因為我個人一直堅持某種希臘式的古典禮範，而這種文學或文化古典禮範，已日漸有如夫子當年春秋戰國的禮崩樂壞。」作者就是以這顆悲憫的心，用詩人敏銳的筆觸，深刻而熱切的批判著臺灣的文化怪象。

⑩牛頓來訪

石家興 著

本書為作者三十多年來從事科學工作的心情寫照，包括思想、報導、論述、親情、遊記等等。文中處處流露出作者對科學的執著與熱愛，及超越科學之外的人文情懷，篇篇清新雋永，理中含情，情中有理，為科學與文學的結合，作了一番完美的見證。

⑩深情回眸

鮑曉暉 著

作者生長在一個顛沛流離的時代，雖然歷經千辛萬苦，但行文於字裏行間，卻不見怨天尤人；有的只是對以往和艱苦環境奮鬥的懷念及對現今生活的珍惜，以及世間人事物的觀照及關懷。做為一本懷舊之作，或是清新的生活小品，本書皆為上乘之作。

⑩新詩補給站

渡也 著

你寫過新詩嗎？你知道如何寫一首具有詩味的新詩？本書是由甫獲得「創世紀四十周年創作獎」的詩人兼詩評論家渡也先生，深入而精闢的剖析一首新詩的形成過程，指導初學者從如何造簡單句到如何寫出一首詩，是一本值得新詩愛好者注意的書。

⑩⑤鳳凰遊

李元洛 著

一生從事古典與現代詩論研究的大陸學者李元洛先生，如何在放下嚴肅的評論之筆，轉而用詩人細膩的筆觸，摹寫山水大地的記行，以及人生轉蓬的寄悵，書中句句是箴語、處處有眞情，值得您細品。

⑩⑥文學人語

高大鵬 著

忙碌的社會分散了人們的注意力、淡化了人們對身旁人事物的感情，任由冷漠充塡在你我四周……而本書的作者以感性的筆觸，表達了自己對身旁人事物的眞心關懷，以平實的文字與讀者分享所遇所感，無疑是給每個冷漠的心靈甘霖般的滋潤。

⑩⑦養狗政治學

鄭赤琰 著

身處地理、政治環境特殊的香港，作者藉由動物的百態來反諷社會上種種光怪陸離的政治現象，在其輕鬆幽默的筆調背後，同時亦蘊含了嚴肅的意義。這一則則的政治寓言，讀之不僅令人莞爾一笑，更具有發人深省的作用，批判中帶有著深切的期盼。

⑩⑧烟　塵

姜穆 著

作者是一位出生於貴州的苗族人，卻意外的捲入戰爭。在臺娶妻生子後，所抒發對戰亂、種族及親人的眞誠關懷。內容深沈、筆觸清新，充分顯露在生活的烈焰煎熬下，早已視一切如浮雲，淡泊名利，將其一生的激越昂揚盡付千里烟塵中。

⑩⑨河　宴

鍾怡雯　著

人間繁華的請柬處處，不如赴一場難得的野宴。聽一回水的演奏、看一場山的表演，再來細細品味鍾怡雯為您端出來的山野豐盛清淡的饗宴——極盡可口的綠、十分道地的藍，以及不加調味料的白。

⑪⓪滬上春秋

章念馳　著

章太炎，這位中國近代史上的思想家、政治家，曾因領導戊戌變法失敗而流亡海外。他雖是浙江餘姚人，卻有大半輩子的歲月是在上海度過。本書是由章太炎的嫡孫章念馳先生，從家族的口述和史料中，完整的敍述章太炎的這段滬上春秋。

⑪①愛廬談心事

黃永武　著

每個人心中都有一枝彩筆，然而在趕遠路、忙上班的歲月裏，枕頭上的日升月降中，像拋來擲去的跳丸，彩筆就這樣褪去了顏色……本書作者在辭去沈重的教職和繁雜的行政工作後，重拾心中的彩筆，為您宣說一篇篇的文學心事。

⑪②詩情與俠骨

莊　因　著

一顆明慧的善心與眞摯的情感，經過俠骨詩情的鑄煉，將生活上的人情世事，轉化為最優美動人的文句，呈現出自然明朗灑脫的風格。文學對於作者而言，不僅是興趣，更是他的生命，但他不泥古而創新，在其文章中俯首可拾古典與現代的完美融合。

國立中央圖書館出版品預行編目資料

深情回眸／鮑曉暉著. --初版. --臺北
市：三民，民84
面；　公分. --(三民叢刊；103)
ISBN 957-14-2189-8 (平裝)

855　　　83011882

著作人
發行人
著作財產權人
發行所
三八六號
——五號
印刷所
三八六號
段六十一號
初　版
編　號
基本定
行政院
)二〇〇號
ISB
平裝)